ALFAGUARA

Antología

Los mejores relatos de terror llevados al cine

Selección, prólogo y notas de Juan José Plans

Robert L. Stevenson
Edgar Allan Poe
Alexéi Tolstoi
Daphne du Maurier
Ray Bradbury
George Langelaan

ALFAGUARA
SERIE ROJA

ALFAGUARA

www.alfaguarainfantilyjuvenil.com

© De esta edición:
   2008, Santillana Ediciones Generales, S. L.
   2001, Grupo Santillana de Ediciones, S. A.
   Torrelaguna, 60 28043 Madrid
   Teléfono 91 744 90 60

© Selección, prólogo y notas introductorias: JUAN JOSÉ PLANS
© Robert Louis Stevenson: «Los ladrones de cadáveres». Madrid. Alianza
   Editorial.
© Alexei Konstantinovich Tolstoi: «La familia del "vurdalak"». Madrid.
   Ediciones Siruela
   Traducción de Francisco Torres Oliver.
© 1952, Daphne du Maurier.
© 1951, Curtis Publishing Co. / 1979, Ray Bradbury.
© George Langelaan: «La mosca». Barcelona. Noguer y Caralt.
© Edgar Allan Poe: «El gato negro», *El escarabajo de oro y otro relato*.
   Madrid. Aguilar, Relato Corto.

• Ediciones Santillana, S.A. Leandro N. Alem 720
   C1001AAP - Ciudad de Buenos Aires. Argentina

• Editorial Santillana, S. A. de C. V.
   Avda. Universidad, 767. Col. Del Valle, México D.F. C.P. 03100

• Distribuidora y Editora Aguilar, Altea, Taurus, Alfaguara, S. A.
   Calle 80, nº 10-23, Bogotá. Colombia

ISBN: 978-84-204-4994-4
Depósito legal: M-11.766-2008
Printed in Spain - Impreso en España por
Unigraf, S. L. Móstoles (Madrid)

Sexta edición: marzo 2008

Diseño de la colección: ENLACE

Cubierta: JESÚS SANZ

Editora: MARTA HIGUERAS DÍEZ

Antología

Los mejores relatos
de **terror** llevados al **cine**

Prólogo

«Hay otros mundos, pero están en éste», escribió el poeta Paul Éluard. Mundos en los que, lo fantástico —aunque no pueda eludir totalmente la realidad—, nos ofrece la oportunidad de contar con una tercera vida, y es que el hombre vive tres veces: una, cuando está despierto; otra, cuando duerme, y durmiendo tiene sueños, puede que también pesadillas. La tercera es la que resulta de la interrelación de las otras dos mediante la imaginación.

El terror —el miedo muy intenso— no está ausente de las dos primeras vidas. Todos, tanto despiertos como dormidos, hemos sentido miedo en alguna ocasión, no sólo involuntariamente sino también voluntariamente, por la seducción del riesgo. En la tercera lo bueno es que, el terror, por muy grande que sea, lo tenemos controlado. Porque, aunque esté basado en lo real, o en lo onírico, es de ficción.

El miedo, también en los animales, es una alarma que nos ayuda a evitar, o que intenta que evitemos, situaciones de peligro. Una alarma ancestral para beneficio de nuestra supervivencia. Dicen los psiquiatras que el miedo es sano. Pero el miedo, téngase bien presente, que no escapa a nuestro control. Y lo es para, aunque parezca paradójico, hacer frente al miedo. El de ficción —literatura, cine, te-

levisión…— es para pasárnoslo de miedo con
miedo. Y, además, nos sirve como mecanismo para
combatir al verdadero. Es decir, esta antología le sen-
tará muy bien al lector, tanto para su cuerpo como
para su mente.

Muchos de los grandes maestros de la literatura universal han escrito obras de terror —sobre
todo relatos—, y los han dedicado totalmente al género, que no tiene ni menos ni más valor que los
otros, porque a una creación literaria no se la juzga
por el género al que pueda pertenecer y sí por su calidad. Seis de tales autores —tres del siglo XIX, en el
que los cuentos de terror alcanzaron una gran popularidad, y tres del siglo XX, en el que a tales cuentos
se les reconoció la calidad que antes se les negara—
figuran en esta antología. De cada uno hemos elegido uno de sus relatos terroríficos más significativos.
Sobresalientes en cuanto lenguaje y original argumento. Responden, sin excepción, a lo expuesto por
Guy de Maupassant, aunque con distintos estilos y
no menos distintas temáticas: «El miedo […] es algo
espantoso, una sensación atroz, como una descom-
posición del alma, un horrible espasmo del pensamiento y del corazón, cuyo mero recuerdo provoca
estremecimientos de angustia».

Los cuentos de este libro son una buena
muestra de la escritura de sus autores, dominadores
de un lenguaje con el que logran empavorecernos:
la intriga, el misterio, el horror, el suspense… está
oculto, presto a catapultarse, tras cada palabra, certeramente utilizadas para alcanzar agobiantes atmósferas, enigmáticos personajes con los que el clímax
alcanza cotas pavorosas, como en las obras de Love-
craft («decrepitud, suciedad y ruina», «arrugadas y

solitarias figuras», «extraño desasosiego», «apestoso tufo a perversidad»), para el que el miedo «es la emoción más antigua y más intensa de la humanidad».

No todos los miedos siguen idénticos caminos. Los relatos de Stevenson, Poe y Tolstoi están enraizados en lo sobrenatural, no así los de Bradbury, du Maurier y Langelaan. En estos tres últimos, el horror que sentimos es el horror a nosotros mismos. En cada siglo nacen nuevos terrores. Los de los autores del siglo XX corresponden a su siglo; tendentes hacia el horror cósmico.

Robert Louis Stevenson, en *Los ladrones de cadáveres,* nos sobrecoge recurriendo al miedo primitivo de los vivos a los muertos, un temor que según Sigmud Freud es de siempre. Otro terror ancestral es el que nos espanta en *El gato negro* de Edgar Allan Poe: el miedo a los animales. La zoofobia es tan antigua como la humanidad. Pero, en este caso, el horror al gato —ailurofobia— no es lo que angustia al personaje, sí lo que el felino simboliza. Alexéi Konstantinovich Tolstoi nos habla de un vampiro, siniestra figura del folklore de los pueblos eslavos, uno de los mitos del terror.

Ray Bradbury escribe acerca del horror de la soledad, un horror que cada vez se apodera de más personas. George Langelaan, de los peligros de la ciencia. Y Daphne du Maurier, del mayor de los miedos: el de un apocalipsis debido a nosotros mismos. Porque, en el fondo, de eso se trata el cuento.

Hay muchos más miedos. Pero, los tratados por los autores de ese libro, sirvan como ejemplo de un género literario que no podría existir sin una alta dosis de poesía, en la que se refugia lo desconocido. Y en el que se sugiere más que se muestra. Porque las sombras inquietan más que la oscuridad. Y la niebla adquiere el valor de la duda. El miedo llama a la puerta, pero no la derriba. Cada uno, en su mente, al serle sugerido el terror, lo engrandece al vivirlo según sus miedos.

Con este libro se vivirán —porque, al leerlas, se viven— espeluznantes situaciones: En un aislado cementerio, en una noche negra, en busca de un cadáver; al descubrir que, en un sótano, se ha emparedado a un maligno y vengativo ser; cuando alguien que ama intente clavarle los colmillos para saciar su sed de sangre; al surgir un monstruo de las aguas que rodean un solitario faro; al comprobar en qué se convirtió tras un experimento científico; al ser atacado por, hasta ese momento, inocentes pájaros.

Si terroríficos son los relatos que componen esta antología, terroríficas son sus adaptaciones cinematográficas; pequeñas o grandes joyas de la historia del cine, que desde su principio se ha sentido atraído por el terror: *Los ladrones de cadáveres,* del Robert Wise; *Satanas,* de Edgar G. Ulmer; *La familia del vurdalak,* de Mario Bava; *El monstruo de tiempos remotos,* de Eugène Lourié; *La mosca,* de Kurt Neumann; *Los pájaros,* de Alfred Hitchock. Películas rodadas con la misma sutileza con la que escribieron sus autores los cuentos en que se inspiran.

Y ya, si el lector se atreve, y no dudamos de que se atreverá, recomendamos leer estos relatos para pasárselo como desea: de miedo con miedo. Además, ya sabemos, el ser presa del miedo que se puede controlar es bueno tanto para el cuerpo como para la mente: No creo que se puede pedir más, acaso una tila.

JUAN JOSÉ PLANS

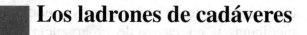

Los ladrones de cadáveres

Robert Louis Stevenson

Todas las noches del año nos sentábamos los cuatro en el pequeño reservado de la posada George en Debenham: el empresario de pompas fúnebres, el dueño, Fettes y yo. A veces había más gente; pero tanto si hacía viento como si no, tanto si llovía como si nevaba o caía una helada, los cuatro, llegado el momento, nos instalábamos en nuestros respectivos sillones. Fettes era un viejo escocés muy dado a la bebida; culto, sin duda, y también acomodado, porque vivía sin hacer nada. Había llegado a Debenham años atrás, todavía joven, y por la simple permanencia se había convertido en hijo adoptivo del pueblo. Su capa azul de camelote era una antigüedad, igual que la torre de la iglesia. Su sitio fijo en el reservado de la posada, su conspicua ausencia de la iglesia, y sus vicios vergonzosos eran cosa de todos sabidas en Debenham. Mantenía algunas opiniones vagamente radicales y cierto pasajero escepticismo religioso que sacaba a relucir periódicamente, dando énfasis a sus palabras con imprecisos manotazos sobre la mesa. Bebía ron, cinco vasos todas las veladas; y durante la mayor parte de su diaria visita a la posada permanecía en un estado de melancólico estupor alcohólico, siempre con el vaso de ron en la mano derecha. Le llamábamos el doctor, porque se le atribuían ciertos conocimientos de medicina, y en casos de emergencia había sido capaz de entablillar una fractura o reducir una luxación; pero, al margen de estos pocos detalles, carecíamos de información sobre su personalidad y antecedentes.

Una oscura noche de invierno —habían dado las nueve algo antes de que el dueño se reuniera con nosotros— fuimos informados de que un gran terrateniente de los alrededores se había puesto enfermo en la posada, atacado de apoplejía, cuando iba de camino hacia Londres y el Parlamento; y por telégrafo se había solicitado la presencia, a la cabecera del gran hombre, de su médico de la capital, personaje todavía más famoso. Era la primera vez que pasaba una cosa así en Debenham (hacía muy poco tiempo que se había inaugurado el ferrocarril) y todos estábamos convenientemente impresionados.

—Ya ha llegado —dijo el dueño, después de llenar y encender la pipa.

—¿Quién? —dije yo—. ¿No querrá usted decir el médico?

—Precisamente —contestó nuestro posadero.

—¿Cómo se llama?

—Doctor Macfarlane —dijo el dueño.

Fettes estaba acabando su tercer vaso, sumido ya en el sopor de la borrachera, unas veces asintiendo con la cabeza, otras con la mirada perdida en el vacío; pero con el sonido de las últimas palabras pareció despertarse y repitió dos veces el apellido «Macfarlane»: la primera con entonación tranquila, pero con repentina emoción la segunda.

—Sí —dijo el dueño—, así se llama: doctor Wolfe Macfarlane.

Fettes se serenó inmediatamente; sus ojos se aclararon, su voz se hizo más firme y sus palabras más vigorosas. Todos nos quedamos muy sorprendidos ante aquella transformación, porque era como si un hombre hubiera resucitado de entre los muertos.

—Les ruego que me disculpen —dijo—; mucho me temo que no prestaba atención a sus palabras. ¿Quién es ese tal Wolfe Macfarlane?

Y añadió, después de oír las explicaciones del dueño:

—No puede ser, claro que no; y, sin embargo, me gustaría ver a ese hombre cara a cara.

—¿Lo conoce usted, doctor? —preguntó boquiabierto el empresario de pompas fúnebres.

—¡Dios no lo quiera! —fue la respuesta—. Y, sin embargo, el nombre no es nada corriente; sería demasiado imaginar que hubiera dos. Dígame posadero, ¿se trata de un hombre viejo?

—No es un hombre joven, desde luego, y tiene el pelo blanco; pero sí parece mas joven que usted.

—Es mayor que yo, sin embargo; varios años mayor. Pero —dando un manotazo sobre la mesa— es el ron lo que ve usted en mi cara; el ron y mis pecados. Este hombre quizá tenga una conciencia más fácil de contentar y haga bien las digestiones. ¡Conciencia! ¡De qué cosas me atrevo a hablar! Se imaginarán ustedes que he sido un buen cristiano, ¿no es cierto? Pues no, yo no; nunca me ha dado por la hipocresía. Quizá Voltaire habría cambiado si se hubiera visto en mi caso; pero, aunque mi cerebro —y procedió a darse un manotazo sobre la calva cabeza—, aunque mi cerebro funcionaba perfectamente, no saqué ninguna conclusión de las cosas que vi.

—Si este doctor es la persona que usted conoce —me aventuré a apuntar, después de una pausa bastante penosa—, ¿debemos deducir que no comparte la buena opinión del posadero?

Fettes no me hizo el menor caso.

—Sí —dijo, con repentina firmeza—, tengo que verlo cara a cara.

Se produjo otra pausa; luego una puerta se cerró con cierta violencia en el primer piso y se oyeron pasos en la escalera.

—Es el doctor —exclamó el dueño—. Si se da prisa podrá alcanzarlo.

No había más que dos pasos desde el pequeño reservado a la puerta de la vieja posada George; la ancha escalera de roble terminaba casi en la calle; entre el umbral y el último peldaño no había sitio más que para una alfombra turca; pero este espacio tan reducido quedaba brillantemente iluminado todas las noches, no sólo gracias a la luz de la escalera y al gran farol debajo del nombre de la posada, sino también debido al cálido resplandor que salía por la ventana de la cantina. La posada llamaba así convenientemente la atención de los que cruzaban por la calle en las frías noches de invierno. Fettes se llegó sin vacilaciones hasta el diminuto vestíbulo, y los demás, quedándonos un tanto retrasados, nos dispusimos a presenciar el encuentro entre aquellos dos hombres, encuentro que uno de ellos había definido como «cara a cara». El doctor Macfarlane era un hombre despierto y vigoroso. Sus cabellos blancos servían para resaltar la calma y la palidez de su rostro, nada desprovisto de energía por otra parte.

Iba elegantemente vestido con el mejor velarte y la más fina holanda, y lucía una gruesa cadena de oro para el reloj y gemelos y anteojos del mismo metal precioso. La corbata, ancha y con muchos pliegues, era blanca con lunares de color lila, y llevaba al brazo un abrigo de pieles para defenderse del frío durante el viaje. No hay duda de que lograba dar dignidad a sus años envuelto en aquella atmósfera de riqueza y respetabilidad; y no dejaba de ser todo un contraste sorprendente ver a nuestro borrachín —calvo, sucio, lleno de granos y arropado en su capa azul de camelote— enfrentarse con él al pie de la escalera.

—¡Macfarlane! —dijo con voz resonante, más propia de un heraldo que de un amigo.

El gran doctor se detuvo bruscamente en el cuarto escalón, como si la familiaridad de aquel saludo sorprendiera y en cierto modo ofendiera su dignidad.

—¡Toddy Macfarlane! —repitió Fettes.

El londinense casi se tambaleó. Lanzó una mirada rapídisima al hombre que tenía delante, volvió hacia atrás unos ojos atemorizados y luego susurró con voz llena de sorpresa:

—¡Fettes! ¡Tú!

—¡Yo, sí! —dijo el otro—. ¿Creías que también yo estaba muerto? No resulta tan fácil dar por terminada nuestra relación.

—¡Calla, por favor! —exclamó el ilustre médico—. ¡Calla! Este encuentro es tan inesperado... Ya veo que te has ofendido. Confieso que al principio casi no te había conocido; pero me alegro mucho... me alegro mucho de tener esta oportunidad. Hoy sólo vamos a poder decirnos hola y hasta la vista; me espera el calesín y tengo que tomar el tren; pero debes... veamos, sí... debes darme tu dirección y te aseguro que tendrás muy pronto noticias mías. Hemos de hacer algo por ti, Fettes. Mucho me temo que estás algo apurado; pero ya nos ocuparemos de eso «en recuerdo de los viejos tiempos», como solíamos cantar durante nuestras cenas.

—¡Dinero! —exclamó Fettes—. ¡Dinero tuyo! El dinero que me diste estará todavía donde lo arrojé aquella noche de lluvia.

Hablando, el doctor Macfarlane había conseguido recobrar un cierto grado de superioridad y confianza en sí mismo, pero la desacostumbrada energía de aquella negativa lo sumió de nuevo en su primitiva confusión.

Una horrible expresión atravesó por un momento sus facciones casi venerables.

—Mi querido amigo —dijo—, haz como gustes; nada más lejos de mi intención que ofenderte. No quisiera entrometerme. Pero sí que te dejaré mi dirección...

—No me la des... No deseo saber cuál es el techo que te cobija —le interrumpió el otro—. Oí tu nombre; temí que fueras tú; quería saber si, después de todo, existe un Dios; ahora ya sé que no. ¡Sal de aquí!

Pero Fettes seguía en el centro de la alfombra, entre la escalera y la puerta; y para escapar, el gran médico londinense iba a verse obligado a dar un rodeo. Estaban claras sus vacilaciones ante lo que a todas luces consideraba una humillación. A pesar de su palidez, había un brillo amenazador en sus anteojos; pero, mientras seguía sin decidirse, se dio cuenta de que el cochero de su calesín contemplaba con interés desde la calle aquella escena tan poco común y advirtió también cómo le mirábamos nosotros, los del pequeño grupo del reservado, apelotonados en el rincón más próximo a la cantina. La presencia de tantos testigos le decidió a emprender la huida. Pasó pegado a la pared y luego se dirigió hacia la puerta con la velocidad de una serpiente. Pero sus dificultades no habían terminado aún, porque antes de salir Fettes le agarró del brazo y, de sus labios, aunque en un susurro, salieron con toda claridad estas palabras:

—¿Has vuelto a verlo?

El famoso doctor londinense dejó escapar un grito ahogado, dio un empujón al que así le interrogaba y con las manos sobre la cabeza huyó como un ladrón cogido *in fraganti*. Antes de que a ninguno de nosotros se nos ocurriera hacer el menor movimiento, el calesín traqueteaba ya camino de la estación. La escena había terminado como podría hacerlo un sueño; pero aquel sueño había dejado pruebas y rastros de su paso. Al día siguiente la criada encontró los anteojos de oro en el umbral, rotos, y aquella noche todos permanecimos en pie, sin aliento, junto a la ventana de la cantina, con Fettes a nuestro lado, sereno, pálido y con aire decidido.

—¡Que Dios nos tenga de su mano, Mr. Fettes! —dijo el posadero, al ser el primero en recobrar el normal uso de sus sentidos—. ¿A qué obedece todo esto? Son cosas bien extrañas las que usted ha dicho...

Fettes se volvió hacia nosotros; nos fue mirando a la cara sucesivamente.

—Procuren tener la lengua quieta —dijo—. Es arriesgado enfrentarse con el tal Macfarlane; los que lo han hecho se han arrepentido demasiado tarde.

Después, sin terminarse el tercer vaso, ni mucho menos quedarse para consumir los otros dos, nos dijo adiós y se perdió en la oscuridad de la noche después de pasar bajo la lámpara de la posada.

Nosotros tres regresamos a los sillones del reservado, con un buen fuego y cuatro velas recién empezadas; y, a medida que recapitulábamos lo sucedido, el primer escalofrío de nuestra sorpresa se convirtió muy pronto en hormiguillo de curiosidad. Nos quedamos allí hasta muy tarde; no recuerdo ninguna otra noche en la que se prolongara tanto la tertulia. Antes de separarnos, cada uno tenía una teoría que se había comprometido a probar, y no había para nosotros asunto más urgente en este mundo que rastrear el pasado de nuestro misterioso contertulio y descubrir el secreto que compartía con el famoso doctor londinense. No es un gran motivo de vanagloria, pero creo que me di mejor maña que mis compañeros para desvelar la historia; y quizá no haya en estos momentos otro ser vivo que pueda narrarles a ustedes aquellos monstruosos y abominables sucesos.

De joven, Fettes había estudiado medicina en Edimburgo. Tenía un cierto tipo de talento que le permitía retener gran parte de lo que oía y asimilarlo enseguida, haciéndolo suyo. Trabajaba poco en casa; pero era cortés, atento e inteligente en presencia de sus maestros. Pronto se fijaron en él por su capacidad de atención y su buena memoria; y, aunque a mí me pareció bien extraño cuando lo oí por primera vez, Fettes era en aquellos días bien parecido y cuidaba mucho de su aspecto exterior. Existía por entonces fuera de la universidad un cierto profesor de anatomía al que designaré aquí mediante la letra K. Su nombre llegó más adelante a ser tristemente célebre. El hombre que lo llevaba se escabulló disfrazado por las calles de Edimburgo, mientras el gentío, que aplaudía la ejecución de Burke[1], pedía a gritos la sangre de su patrón. Pero Mr. K estaba entonces en la cima de su popularidad; disfrutaba de la fama debido en parte a su propio talento y habilidad y en parte a la incompetencia de su rival, el profesor universitario. Los estudiantes, al menos, tenían absoluta fe en él y el mismo Fettes creía, e hizo creer a otros, que había puesto los cimientos de su éxito al lograr el favor de este hombre meteóricamente famoso. Mr. K era un *bon vivant* además de un excelente profesor; y apreciaba tanto una hábil ilusión como una preparación cuidadosa. En ambos campos Fettes disfrutaba de su merecida consideración, y durante el segundo año de sus estudios recibió el encargo semioficial de segundo profesor de prácticas o subasistente en su clase.

Debido a este empleo, el cuidado del anfiteatro y del aula recaía de manera particular sobre los hombros de Fettes. Era responsable de la limpieza de los locales y del comportamiento de los otros estudiantes y también constituía parte de su deber proporcionar, recibir y dividir los diferentes cadáveres. Con vistas a esta última ocupación —en aquella época asunto muy delicado—, Mr. K hizo que se alojase primero en el mismo callejón y más adelante

[1]William Burke, es un irlandés que, junto con su cómplice William Hare, asfixiaba a sus víctimas y vendía los cuerpos al doctor Robert Kurx, un cirujano de Edimburgo. Burke fue ahorcado en 1829.

en el mismo edificio donde estaban instaladas las salas de disección. Allí, después de una noche de turbulentos placeres, con la mano todavía temblorosa y la vista nublada, tenía que abandonar la cama en la oscuridad de las horas que preceden a los amaneceres invernales, para entenderse con los sucios y desesperados traficantes que abastecían las mesas. Tenía que abrir la puerta a aquellos hombres que después han alcanzado tan terrible reputación en todo el país. Tenía que recoger su trágico cargamento, pagarles el sórdido precio convenido y quedarse solo, al marcharse los otros, con aquellos desagradables despojos de humanidad. Terminada tal escena, Fettes volvía a adormilarse por espacio de una o dos horas para reparar así los abusos de la noche y refrescarse un tanto para los trabajos del día siguiente.

Pocos muchachos podrían haberse mostrado más insensibles a las impresiones de una vida pasada de esta manera bajo los emblemas de la moralidad. Su mente estaba impermeabilizada contra cualquier consideración de carácter general. Era incapaz de sentir interés por el destino y los reveses de fortuna de cualquier otra persona, esclavo total de sus propios deseos y rastreras ambiciones. Frío, superficial y egoísta en última instancia, no carecía de ese mínimo de prudencia, a la que se da equivocadamente el nombre de «moralidad», que mantiene a un hombre alejado de borracheras inconvenientes o latrocinios castigables. Como Fettes deseaba además que sus maestros y condiscípulos tuvieran de él una buena opinión, se esforzaba en guardar las apariencias. Decidió también destacar en sus estudios y día tras día servía a su patrón impecablemente en las cosas más visibles y que más podían reforzar su reputación de buen estudiante. Para indemnizarse de sus días de trabajo, se entregaba por las noches a placeres ruidosos y desvergonzados; y cuando los dos platillos se equilibraban, el órgano al que Fettes llamaba «su conciencia» se declaraba satisfecho.

La obtención de cadáveres era continua causa de dificultades tanto para él como para su patrón. En aquella clase con tantos alumnos y en la que se trabajaba mucho, la materia prima de las disecciones estaba siempre a punto de acabarse; y las transacciones que esta situación hacía necesarias no sólo eran desagradables en sí mismas, sino que podían tener consecuencias muy peligrosas para todos los implicados. La norma de Mr. K era no hacer preguntas en el trato con los de la profesión. «Ellos consiguen el cuerpo y nosotros pagamos el precio», solía decir, recalcando la aliteración; *quid pro quo*. Y de nuevo, y con cierto cinismo, les repetía a sus asistentes que «no hicieran preguntas por razones de conciencia». No es que se diera por sentado implícitamente que los cadáveres se conseguían mediante el asesinato. Si tal idea se le hubiera formulado mediante palabras, Mr. K se habría horrorizado; pero su frívola manera de hablar tratándose de un problema tan serio era, en sí misma, una ofensa contra las normas más elementales de la responsabilidad social y una tentación ofrecida a los hombres con los que negociaba. Fettes, por ejemplo, no había dejado de advertir que, con frecuencia, los cuerpos que le llevaban habían perdido la vida muy pocas horas antes. También le sorprendía una y otra vez el aspecto abominable y los movimientos solapados de los rufianes que llamaban a su puerta antes del alba; y, atando cabos para sus adentros, quizá atribuía un significado demasiado inmoral y demasiado categórico a las imprudentes advertencias de su maestro. En resumen: Fettes entendía que su deber constaba de tres apartados: aceptar lo que le traían, pagar el precio y pasar por alto cualquier indicio de un posible crimen.

Una mañana de noviembre esta consigna de silencio se vio duramente puesta a prueba. Fettes, después de pasar la noche en blanco debido a un atroz dolor de muelas —paseándose por su cuarto como una fiera enjaulada o arrojándose desesperado sobre la cama—, y caer ya de madrugada en ese sueño profundo e intranquilo que con tanta frecuencia es la consecuencia de una noche de dolor, se vio despertado por la tercera o cuarta impaciente repetición de la señal convenida. La Luna, aunque en cuarto menguante, derramaba abundante luz; hacía mucho frío y la noche estaba ventosa; la ciudad dormía aún, pero una indefinible agitación preludiaba ya el ruido y el tráfago del día. Los profanadores habían llegado más tarde de lo acostumbrado y parecían tener aún más prisa por marcharse que otras veces. Fettes, muerto de sueño, los fue alumbrando escaleras arriba. Oía sus roncas voces, con fuerte acento irlandés, como formando parte de un sueño; y mientras aquellos hombres vaciaban el lúgubre contenido de su saco, él dormitaba, con un hombro apoyado contra la pared; tuvo que hacer luego verdaderos esfuerzos para encontrar el dinero con que pagar a aquellos hombres. Al ponerse en movimiento sus ojos tropezaron con el rostro del cadáver. No pudo disimular su sobresalto; dio dos pasos hacia adelante, con la vela en alto.

—¡Santo cielo! —exclamó—. ¡Si es Jane Galbraith!

Los hombres no respondieron nada, pero se movieron imperceptiblemente en dirección a la puerta.

—La conozco, se lo aseguro —continuó Fettes—. Ayer estaba viva y muy contenta. Es imposible que haya muerto; es imposible que hayan conseguido este cuerpo de forma correcta.

—Está usted completamente equivocado, señor —dijo uno de los hombres.

Pero el otro lanzó a Fettes una mirada amenazadora y pidió que se les diera el dinero inmediatamente.

Era imposible malinterpretar su expresión o exagerar el peligro que implicaba. Al muchacho le faltó valor. Tartamudeó una excusa, contó la suma convenida y acompañó a sus odiosos visitantes hasta la puerta. Tan pronto como desaparecieron, Fettes se apresuró a confirmar sus sospechas. Mediante una docena de marcas que no dejaban lugar a dudas identificó a la muchacha con la que había bromeado el día anterior. Vio, con horror, señales sobre aquel cuerpo que podían muy bien ser pruebas de una muerte violenta. Se sintió dominado por el pánico y buscó refugio en su habitación. Una vez allí reflexionó con calma sobre el descubrimiento que había hecho; consideró fríamente la importancia de las instrucciones de Mr. K y el peligro para su persona que podía derivarse de su intromisión en un asunto de tanta importancia; finalmente, lleno de angustiosas dudas, determinó esperar y pedir consejo a su inmediato superior, el primer asistente.

Era éste un médico joven, Wolfe Macfarlane gran favorito de los estudiantes temerarios, hombre inteligente, disipado y absolutamente falto de escrúpulos. Había viajado y estudiado en el extranjero. Sus modales eran agradables y un poquito atrevidos. Se le consideraba una autoridad en cuestiones teatrales y no había nadie más hábil para patinar sobre el hielo ni que manejara con más destreza los palos de golf; vestía con elegante audacia y, como toque final de distinción, era propietario de un calesín y de un robusto trotón. Su relación con Fettes había llegado a ser muy íntima; de hecho sus cargos respectivos hacían necesaria una cierta comunidad de vida; y cuando escaseaban los cadáveres, los dos se adentraban por las zonas rurales en el calesín de Macfarlane, para visitar y profanar algún cementerio poco frecuentado y, antes del alba, presentarse con su botín en la puerta de la sala de disección.

Aquella mañana Macfarlane apareció un poco antes de lo que solía. Fettes lo oyó, salió a recibirlo a la escalera, le contó su historia y terminó mostrándole la causa de su alarma. Macfarlane examinó las señales que presentaba el cadáver.

—Sí —dijo con una inclinación de cabeza—; parece sospechoso.

—¿Qué te parece que debo hacer? —preguntó Fettes.

—¿Hacer? —repitió el otro—. ¿Es que quieres hacer algo? Cuando menos se diga, antes se arreglará, diría yo.

—Quizá la reconozca alguna otra persona —objetó Fettes—. Era tan conocida como el Castle Rock.

—Esperemos que no —dijo Macfarlane—, y si alguien lo hace... bien, tú no la reconociste, ¿comprendes?, y no hay más que hablar. Lo cierto es que esto lleva ya demasiado tiempo sucediendo.

Remueve el cieno y colocarás a K en una situación desesperada; tampoco tú saldrías muy bien librado. Ni yo, si vamos a eso. Me gustaría saber cómo quedaríamos, o qué demonios podríamos decir si nos llamaran como testigos ante cualquier tribunal. Porque, para mí, ¿sabes?, hay una cosa cierta: prácticamente hablando, todo nuestro «material» han sido personas asesinadas.

—¡Macfarlane! —exclamó Fettes.

—¡Vamos, vamos! —se burló el otro—. ¡Como si tú no lo hubieras sospechado!

—Sospechar es una cosa...

—Y probar otra. Ya lo sé; y siento tanto como tú que esto haya llegado hasta aquí —dando unos golpes en el cadáver con su bastón—. Pero colocados en esta situación, lo mejor que puedo hacer es no reconocerla; y —añadió con gran frialdad— así es: no la reconozco. Tú puedes, si es ése tu deseo. No voy a decirte lo que tienes que hacer, pero creo que un hombre de mundo haría lo mismo que yo; y me atrevería a añadir que eso es lo que K esperaría de nosotros. La cuestión es; ¿por qué nos eligió a nosotros como asistentes?, y yo respondo: porque no quería viejas chismosas.

Aquella manera de hablar era la que más efecto podía tener en la mente de un muchacho como Fettes. Accedió a imitar a Macfarlane. El cuerpo de la desgraciada joven pasó a la mesa de disección como era costumbre y nadie hizo el menor comentario ni pareció reconocerla.

Una tarde, después de haber terminado su trabajo de aquel día, Fettes entró en una taberna muy concurrida y encontró allí a Macfarlane sentado en compañía de un extraño. Era un hombre pequeño, muy palido y de cabellos muy oscuros y ojos negros como carbones. El corte de su cara parecía prometer una inteligencia y un refinamiento que sus modales se encargaban de desmentir, porque nada más empezar a tratarlo, se ponía de manifiesto su vulgaridad, su tosquedad y su estupidez. Aquel hombre ejercía, sin embargo, un extraordinario control sobre Macfarlane; le daba órdenes como si fuera el Gran Bajá; se indignaba ante el menor inconveniente o retraso, y hacía groseros comentarios sobre el servilismo con que era obedecido. Esta persona tan desagradable manifestó una inmediata simpatía hacia Fettes, trató de ganárselo invitándolo a beber y le honró con extraordinarias confidencias sobre su pasado. Si una décima parte de lo que confesó era verdad, se trataba de un bribón de lo más odioso; y la vanidad del muchacho se sintió halagada por el interés de un hombre de tanta experiencia.

—Yo no soy precisamente un ángel —hizo notar el desconocido—, pero Macfarlane me da ciento y raya... Toddy Macfarlane le llamo yo. Toddy, pide otra copa para tu amigo.

O bien:

—Toddy, levántate y cierra la puerta.

»Toddy me odia —dijo después—. Sí, Toddy, ¡claro que me odias!

—No me gusta ese maldito nombre, y usted lo sabe —gruñó Macfarlane.

—¡Escúchalo! ¿Has visto a los muchachos tirar al blanco sus cuchillos? A él le gustaría hacer eso por todo mi cuerpo —explicó el desconocido.

—Nosotros, la gente de medicina, tenemos un sistema mejor —dijo Fettes—. Cuando no nos gusta un amigo muerto, lo llevamos a la mesa de disección.

Macfarlane le miró enojado, como si aquella broma fuera muy poco de su agrado.

Fue pasando la tarde. Gray, porque tal era el nombre del desconocido, invitó a Fettes a cenar con ellos, encargando un festín tan suntuoso que la taberna entera tuvo que movilizarse, y cuando terminó le mandó a Macfarlane que pagara la cuenta. Se separaron ya de madrugada; el tal Gray estaba completamente borracho. Macfarlane, sereno sobre todo a causa de la indignación, reflexionaba sobre el dinero que se había visto obligado a malgastar y las humillaciones que había tenido que soportar. Fettes, con diferentes licores cantándole dentro de la cabeza, volvió a su casa con pasos inciertos y la mente totalmente en blanco. Al día siguiente Macfarlane faltó a clase y Fettes sonrió para sus adentros al imaginárselo todavía acompañando al insoportable Gray de taberna en taberna. Tan pronto como quedó libre de sus obligaciones, se puso a buscar por todas partes a sus compañeros de la noche anterior. Pero no consiguió encontrarlos en ningún sitio; de manera que volvió pronto a su habitación, se acostó en seguida y durmió el sueño de los justos.

A las cuatro de la mañana le despertó la señal acostumbrada. Al bajar a abrir la puerta, grande fue su asombro cuando descubrió a Macfarlane con su calesín y dentro del vehículo uno de aquellos horrendos bultos alargados que tan bien conocía.

—¡Cómo! —exclamó—. ¿Has salido tú solo? ¿Cómo te las has apañado?

Pero Macfarlane le hizo callar bruscamente, pidiéndole que se ocupara del asunto que tenían entre manos. Después de subir el cuerpo y de depositarlo sobre la mesa, Macfarlane hizo primero un gesto como de marcharse. Después se detuvo y pareció dudar.

—Será mejor que le veas la cara —dijo después lentamente, como si le costara cierto trabajo hablar—. Será mejor —repitió, al ver que Fettes se le quedaba mirando, lleno de asombro.

—Pero, ¿dónde, cómo y cuándo ha llegado a tus manos? —exclamó el otro.

—Mírale la cara —fue la única respuesta.

Fettes titubeó; le asaltaron extrañas dudas. Contempló al joven médico y después el cuerpo; luego volvió otra vez la vista hacia Macfarlane. Finalmente, dando un respingo, hizo lo que se le pedía. Casi estaba esperando el espectáculo que se tropezaron sus ojos, pero de todas formas el impacto fue violento. Ver, inmovilizado por la rigidez de la muerte y desnudo sobre el basto tejido de arpillera, al hombre del que se había separado dejándolo bien vestido y con el estómago satisfecho en el umbral de una taberna, despertó, hasta en el atolondrado Fettes, algunos de los terrores de la conciencia. El que dos personas que había conocido hubieran terminado sobre las heladas mesas de disección era un *cras tibi* que iba repitiéndose por su alma en ecos sucesivos. Con todo, aquellas eran sólo preocupaciones secundarias. Lo que más le importaba era Wolfe. Falto de preparación para enfrentarse con un desafío de tanta importancia, Fettes no sabía cómo mirar a la cara a su compañero. No se atrevía a cruzar la vista con él y le faltaban tanto las palabras como la voz con que pronunciarlas.

Fue Macfarlane mismo quien dio el primer paso. Se acercó tranquilamente por detrás y puso una mano, con suavidad pero con firmeza, sobre el hombro del otro.

—Richardson —dijo— puede quedarse con la cabeza.

Richardson era un estudiante que desde tiempo atrás se venía mostrando muy deseoso de disponer de esa porción del cuerpo humano para sus prácticas de disección. No recibió ninguna respuesta y el asesino continuó:

—Hablando de negocios, debes pagarme; tus cuentas tienen que cuadrar, como es lógico.

Fettes encontró una voz que no era más que una sombra de la suya:

—¡Pagarte! —exclamó—. ¿Pagarte por eso?

—Naturalmente; no tienes más remedio que hacerlo. Desde cualquier punto de vista que lo consideres —insistió el otro—. Yo no me atrevería a darlo gratis; ni tú a aceptarlo sin pagar, nos comprometería a los dos. Éste es otro caso como el de Jane Galbraith. Cuantos más cabos sueltos, más razones para actuar como si todo estuviera en perfecto orden. ¿Dónde guarda su dinero el viejo K?

—Allí contestó Fettes con voz ronca, señalando al armario del rincón.

—Entonces, dame la llave —dijo el otro calmosamente, extendiendo la mano.

Después de un momento de vacilación, la suerte quedó decidida. Macfarlane no pudo suprimir un estremecimento nervioso, manifestación insignificante de un inmenso alivio, al sentir la llave entre los dedos. Abrió el armario, sacó pluma, tinta y el libro diario que descansaban sobre una de las baldas, y del dinero que había en un cajón tomó la suma adecuada para el caso.

—Ahora, mira —dijo Macfarlane—; ya se ha hecho el pago, primera prueba de tu buena fe, primer escalón hacia la seguridad. Pero todavía tienes que asegurarlo con un segundo paso. Anota el pago en el diario y estarás ya en condiciones de hacer frente al mismo demonio.

Durante los pocos segundos que siguieron la mente de Fettes fue un torbellino de ideas; pero al contrastar sus terrores, terminó triunfando el más inmediato. Cualquier dificultad le pareció casi insignificante comparada con una confrontación con Marfarlane en aquel momento. Dejó la vela que había sostenido todo aquel tiempo y con mano segura anotó la fecha, la naturaleza y el importe de la transacción.

—Y ahora —dijo Macfarlane—, es de justicia que te quedes con el dinero. Yo he cobrado ya mi parte. Por cierto, cuando un hombre de mundo tiene suerte y se encuentra en el bolsillo con unos cuantos chelines extra, me da vergüenza hablar de ello, pero hay una regla de conducta para esos casos. No hay que dedicarse a invitar, ni a comprar libros caros para las clases, ni a pagar viejas deudas; hay que pedir prestado en lugar de prestar.

—Macfarlane —empezó Fettes, con voz todavía un poco ronca—, me he puesto el nudo alrededor del cuello por complacerte.

—¿Por complacerme? —exclamó Wolfe—. ¡Vamos, vamos! Por lo que a mí se me alcanza no has hecho más que lo que estabas obligado a hacer en defensa propia. Supongamos que yo tuviera dificultades, ¿qué sería de ti? Este segundo accidente sin importancia procede sin duda alguna del primero. Mr. Gray es la continuación de miss Galbraith. No es posible empezar· y pararse luego. Si empiezas, tienes que seguir adelante; ésa es la verdad. Los malvados nunca encuentran descanso.

Una horrible sensación de oscuridad y una clara conciencia de la perfidia del destino se apoderaron del alma del infeliz estudiante.

—¡Dios mío! —exclamó—. ¿Qué es lo que he hecho?, y ¿cuándo puede decirse que haya empezado todo esto? ¿Qué hay de malo en que a uno lo nombren asistente? Service quería ese puesto; Service podía haberlo conseguido. ¿Se encontraría *él* en la situación en la que *yo* me encuentro ahora?

—Mi querido amigo —dijo Macfarlane—, ¡qué ingenuidad la tuya! ¿Es que acaso te *ha* pasado algo malo? ¿Es que puede pasarte algo malo si tienes la lengua quieta? ¿Es que todavía no te has enterado de lo que es la vida? Hay dos categorías de personas: los leones y los corderos. Si eres un cordero terminarás sobre una de esas mesas como Gray o Jane Galbraith; si eres un león, seguirás vivo y tendrás un caballo como tengo yo, como lo tiene K; como todas las personas con inteligencia o con valor. Al principio se titubea. Pero ¡mira a K! Mi querido amigo, eres inteligente, tienes valor. Yo te aprecio y K también te aprecia. Has nacido para ir a la cabeza, dirigiendo la cacería; y yo te aseguro, por mi honor y mi experiencia de la vida, que dentro de tres días te reirás de estos espantapájaros tanto como un colegial que presencia una farsa.

Y con esto Macfarlane se despidió y abandonó el callejón con su calesín para ir a recogerse antes del alba. Fettes se quedó solo con los remordimientos. Vio los peligros que le amenazaban. Vio, con indecible horror, el pozo sin fondo de su debilidad, y cómo, de concesión en concesión, había descendido de árbitro del destino de Macfarlane a cómplice indefenso y a sueldo. Hubiera dado el mundo entero por haberse mostrado un poco más valiente en el momento oportuno, pero no se le ocurrió que la valentía estuviera aún a su alcance. El secreto de Jane Galbraith y la maldita entrada en el libro diario habían cerrado su boca definitivamente.

Pasaron las horas; los alumnos empezaron a llegar; se fue haciendo entrega de los miembros del infeliz Gray a unos y a otros, y los estudiantes los recibieron sin hacer el menor comentario. Richardson manifestó su satisfacción al dársele la cabeza; y, antes de que sonara la hora de la libertad, Fettes temblaba, exultante, al darse cuenta de lo mucho que había avanzado en el camino hacia la seguridad.

Durante dos días siguió observando, con creciente alegría, el terrible proceso de enmascaramiento.

Al tercer día Macfarlane reapareció. Había estado enfermo, dijo; pero compensó el tiempo perdido con la energía que desplegó dirigiendo a los estudiantes. Consagró su ayuda y sus consejos a Richardson de manera especial, y el alumno, animado por los elogios del asistente, trabajó muy de prisa, lleno de esperanzas, viéndose dueño ya de la medalla a la aplicación.

Antes de que terminara la semana se había cumplido la profecía de Macfarlane. Fettes había sobrevivido a sus terrores y olvidado su bajeza. Empezó a adornarse con las plumas de su valor y logró reconstruir la historia de tal manera que podía rememorar aquellos sucesos con malsano orgullo. A su cómplice lo veía poco. Se encontraban en las clases, por supuesto; también recibían juntos las órdenes de Mr. K. A veces, intercambiaban una o dos palabras en privado y Macfarlane se mostraba de principio a fin particularmente amable y jovial. Pero estaba claro que evitaba cualquier referencia a su común secreto; e incluso cuando Fettes susurraba que había decidido unir su suerte a la de los leones y rechazar la de los corderos, se limitaba a indicarle con una sonrisa que guardara silencio.

Finalmente se presentó una ocasión para que los dos trabajaran juntos de nuevo. En la clase de Mr. K volvían a escasear los cadáveres; los alumnos se mostraban impacientes y una de las aspiraciones del maestro era estar siempre bien provisto. Al mismo tiempo llegó la noticia de que iba a efectuarse un entierro en el rústico cementerio de Glencorse. El paso del tiempo ha modificado muy poco el sitio en cuestión. Estaba situado entonces, como ahora, en un cruce de caminos, lejos de toda humana habitación y escondido bajo el follaje de seis cedros. Los balidos de las ovejas en las colinas de los alrededores; los riachuelos a ambos lados: uno cantando con fuerza entre las piedras y el otro goteando furtivamente entre remanso y remanso; el rumor del viento en los viejos castaños florecidos y, una vez a la semana, la voz de la campana y las viejas melodías del chantre, eran los únicos sonidos que turbaban el silencio de la iglesia rural. El resureccionista —por usar un sinónimo de la época— no se sentía coartado por ninguno de los aspectos de la piedad tradicional. Parte integrante de su trabajo era despreciar y profanar los pergaminos y las trompetas de las antiguas tumbas, los caminos trillados por pies devotos y afligidos, y las ofrendas e inscripciones que testimonien el afecto de los que aún siguen vivos. En las zonas rústicas, donde el amor es más tenaz de lo corriente y donde lazos de sangre o camaradería unen a toda la sociedad de una parroquia, el ladrón de cadáveres, en lugar de sentirse repelido por natural respeto, agradece la facilidad y ausencia de riesgo con que puede llevar a cabo su tarea. A cuerpos que habían sido entregados a la tierra, en gozosa expectación de un despertar bien diferente, les llegaba esa resurrección apresurada, llena de terrores, a la luz de la linterna, de la pala y el azadón. Forzado el ataúd y rasgada la mortaja, los melancólicos restos, vestidos de arpillera, después de dar tumbos durante horas por caminos apartados, privados incluso de la luz de la Luna, eran finalmente expuestos a las mayores indignidades ante una clase de muchachos boquiabiertos.

De manera semejante a como dos buitres pueden caer en picado sobre un cordero agonizante, Fettes y Macfarlane iban a abatirse sobre una tumba en aquel tranquilo lugar de descanso, lleno de verdura. La esposa de un granjero, una mujer que había vivido sesenta años y había sido conocida por su excelente mantequilla y bondadosa conversación, había de ser arrancada de su tumba a medianoche y transportada, desnuda y sin vida, a la lejana ciudad que ella siempre había honrado poniéndose, para visitarla, sus mejores galas dominicales; el lugar que le correspondía junto a su familia habría de quedar vacío hasta el día del Juicio Final; sus miembros inocentes y siempre venerables habrían de ser expuestos a la fría curiosidad del director.

A última hora de la tarde los viajeros se pusieron en camino, bien envueltos en sus capas y provistos con una botella de formidables dimensiones. Llovía sin descanso: una lluvia densa y fría que se desplomaba sobre el suelo con inusitada violencia. De vez en cuanto soplaba una ráfaga de viento, pero la cortina de lluvia acababa con ella. A pesar de la botella, el trayecto hasta Panicuik, donde pasarían la velada, resultó triste y silencioso. Se detuvieron antes en un espeso bosquecillo no lejos del cementerio para esconder sus herramientas; y volvieron a pararse en la posada Fisher's Tryst, para brindar delante del fuego e intercalar una jarra de cerveza entre los tragos de whisky. Cuando llegaron al final de su viaje, el calesín fue puesto a cubierto, se dio de comer al caballo y los jóvenes doctores se acomodaron en un reservado para disfrutar de la mejor cena y del mejor vino que la casa podía ofrecerles. Las luces, el fuego, el golpear de la lluvia contra la ventana, el frío y absurdo trabajo que les esperaba, todo contribuía a hacer más placentera la comida. Con cada vaso que bebían su cordialidad aumentaba. Muy pronto Macfarlane entregó a su compañero un montoncito de monedas de oro.

—Un pequeño obsequio —dijo—. Entre amigos estos favores tendrían que hacerse con tanta facilidad como pasa de mano en mano uno de esos fósforos largos para encender la pipa.

Fettes se guardó el dinero y aplaudió con gran vigor el sentir de su colega.

—Eres un verdadero filósofo —exclamó—. Yo no era más que un ignorante hasta que te conocí. Tú y K... ¡Por Belcebú que entre los dos haréis de mí un hombre!

—Por supuesto que sí —asintió Macfarlane—. Aunque si he de serte franco, se necesitaba un hombre para respaldarme el otro día. Hay algunos cobardes de cuarenta años, muy corpulentos y pendencieros, que se hubieran puesto enfermos al ver el cadáver; pero tú no... tú no perdiste la cabeza. Te estuve observando.

—¿Y por qué tenía que haberla perdido? —presumió Fettes—. No era asunto mío. Hablar no me hubiera producido más que molestias, mientras que si callaba podía contar con tu gratitud, ¿no es cierto? —y golpeó el bolsillo con la mano, haciendo sonar las monedas de oro.

Macfarlane sintió una punzada de alarma ante aquellas desagradables palabras. Puede que lamentara la eficacia de sus enseñanzas en el comportamiento de su joven colaborador, pero no tuvo tiempo de intervenir porque el otro continuó en la misma línea jactanciosa.

—Lo importante es no asustarse. Confieso, aquí, entre nosotros, que no quiero que me cuelguen, y eso no es más que sentido práctico; pero la mojigatería, Macfarlane, nací ya despreciándola. El infierno, Dios, el demonio, el bien y el mal, el pecado, el crimen, y toda esa vieja galería de curiosidades... quizá sirvan para asustar a los chiquillos, pero los hombres de mundo como tú y como yo desprecian esas cosas. ¡Brindemos por la memoria de Gray!

Para entonces se estaba haciendo ya algo tarde. Pidieron que les trajeran el calesín delante de la puerta con los dos faroles encendidos y, una vez cumplimentada su orden, pagaron la cuenta y emprendieron la marcha. Explicaron que iban camino de Peebles y tomaron aquella dirección hasta perder de vista las últimas casas del pueblo; luego, apagando los faroles, dieron la vuelta y siguieron un atajo que los devolvía a Glencorse. No había otro ruido que el de su carruaje y el incesante y estridente caer de la lluvia. Estaba oscuro como boca de lobo; aquí y allí un portillo blanco o una piedra del mismo color en algún muro los guiaba por unos momentos; pero casi siempre tenían que avanzar al paso y casi a tientas mientras atravesaban aquella ruidosa oscuridad en dirección hacia su solemne y aislado punto de destino. En la zona de bosques tupidos que rodea el cementerio la oscuridad se hizo total y no tuvieron más solución que volver a encender uno de los faroles del calesín. De esta manera, bajo los árboles goteantes y rodeados de grandes sombras que se movían continuamente, llegaron al escenario de sus impíos trabajos.

Los dos eran expertos en aquel asunto y muy eficaces con la pala; y cuando apenas llevaban veinte minutos de tarea se vieron recompensados con el sordo retumbar de sus herramientas sobre la tapa del ataúd. Al mismo tiempo, Macfarlane, al hacerse daño en la mano con una piedra, la tiró hacia atrás por encima de su cabeza sin mirar. La tumba, en la que, cavando, habían llegado a hundirse ya casi hasta los hombros, estaba situada muy cerca del borde del camposanto; y para que iluminara mejor sus trabajos habían apoyado el farol del calesín contra un árbol casi en el límite del empinado terraplén que descendía hasta el arroyo. La casualidad dirigió certeramente aquella piedra. Se oyó en el acto un estrépito de vidrios rotos; la oscuridad los envolvió; ruidos alternativamente secos y vibrantes sirvieron para anunciarles la trayectoria del farol terraplén abajo, y las veces que chocaba con árboles encontrados en su camino. Una piedra o dos, desplazadas por el farol en su caída, le siguieron dando tumbos hsta el fondo del vallecillo; y luego el silencio, como la oscuridad, se apoderó de todo; y por mucho que aguzaron el oído no se oía más que la lluvia, que tan pronto llevaba el compás del viento como caía sin altibajos sobre millas y millas de campo abierto.

Como casi estaban terminando ya su aborrecible tarea, juzgaron más prudente acabarla a oscuras. Desenterraron el ataúd y rompieron la tapa; introdujeron el cuerpo en el saco, que estaba completamente mojado, y entre los dos lo transportaron hasta el calesín; uno se montó para sujetar el cadáver y el otro, llevando al caballo por el bocado, fue a tientas junto al muro y entre los árboles hasta llegar a un camino más ancho cerca de la posada Fisher's Tryst. Celebraron el débil y difuso resplandor que allí había como si de la luz del sol se tratara; con su ayuda consiguieron poner el caballo a buen paso y empezaron a traquetear alegremente camino de la ciudad.

Los dos se habían mojado hasta los huesos durante sus operaciones y ahora, al saltar el calesín entre los profundos surcos de la senda, el objeto que sujetaban entre los dos caía con todo su peso primero sobre uno y luego sobre el otro. A cada repetición del horrible contacto ambos rechazaban instintivamente el cadáver con más violencia; y aunque los tumbos del vehículo bastaban para explicar aquellos contactos, su repetición terminó por afectar a los dos compañeros. Macfarlane hizo un chiste de mal gusto sobre la mujer del granjero que brotó ya sin fuerza de sus labios y que Fettes dejó pasar en silencio. Pero su extraña carga seguía chocando a un lado y a otro; tan pronto la cabeza se recostaba confianzudamente sobre un hombro como un trozo de empapada arpillera aleteaba gélidamente delante de sus rostros. Fettes empezó a sentir frío en el alma. Al contemplar el bulto tenía la impresión de que hubiera aumentado de tamaño. Por todas partes, cerca del camino y también a lo lejos, los perros de las granjas acompañaban su paso con trágicos aullidos; y el muchacho se fue convenciendo más y más de que algún inconcebible milagro había tenido lugar; que en aquel cuerpo muerto se había producido algún cambio misterioso y que los perros aullaban debido al miedo que les inspiraba su terrible carga.

—Por el amor de Dios —dijo, haciendo un gran esfuerzo para conseguir hablar—, por el amor de Dios, ¡encendamos una luz!

Macfarlane, al parecer, se veía afectado por los acontecimientos de manera muy similar y, aunque no dio respuesta alguna, detuvo al caballo, entregó las riendas a su compañero, se apeó y procedió a encender el farol que les quedaba. No habían llegado para entonces más allá del cruce de caminos que conduce a Auchenclinny. La lluvia seguía cayendo como si fuera a repetirse el diluvio universal, y no era nada fácil encender fuego en aquel mundo de oscuridad y de agua. Cuando por fin la vacilante llama azul fue traspasada a la mecha y empezó a ensancharse y hacerse más luminosa, creando un amplio círculo de imprecisa claridad alrededor del calesín, los dos jóvenes fueron capaces de verse el uno al otro y también el objeto que acarreaban. La lluvia había ido amoldando la arpillera al contorno del cuerpo que cubría, de manera que la cabeza se distinguía perfectamente del tronco, y los hombros se recortaban con toda claridad; algo a la vez especial y humano los obligaba a mantener los ojos fijos en aquel horrible compañero de viaje.

Durante algún tiempo Macfarlane permaneció inmóvil, sujetando el farol. Un horror inexpresable envolvía el cuerpo de Fettes como una sábana humedecida, crispando al mismo tiempo sus lívidas facciones; un miedo que no tenía sentido, un horror a lo que no podía ser se iba apoderando de su cerebro. Un segundo más y hubiera hablado. Pero su compañero se le adelantó.

—Esto no es una mujer —dijo Macfarlane con voz que no era más que un susurro.

—Era una mujer cuando la subimos al calesín —respondió Fettes.

—Sostén el farol —dijo el otro—. Tengo que verle la cara.

Y mientras Fettes mantenía en alto el farol, su compañero desató el saco y dejó la cabeza al descubierto. La luz iluminó con toda claridad las bien moldeadas facciones y afeitadas mejillas de un rostro demasiado familiar, que ambos jóvenes habían contemplado con frecuencia en sus sueños. Un violento alarido rasgó la noche; ambos a una saltaron del coche; el farol cayó y se rompió, apagándose; y el caballo, aterrado por toda aquella agitación tan fuera de lo corriente, se encabritó y salió disparado hacia Edimburgo a todo galope, llevando consigo, como único ocupante del calesín, el cuerpo de aquel Gray con el que los estudiantes de anatomía hicieran prácticas de disección meses atrás.

Pitlochry, 1881.

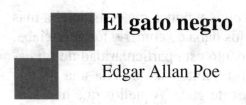

El gato negro

Edgar Allan Poe

No espero ni quiero que se dé crédito a la historia más extraordinaria y, sin embargo, más familiar que voy a referir. Tratándose de un caso en el que mis sentidos se niegan a aceptar su propio testimonio, yo habría de estar loco si así lo creyera. No obstante, no estoy loco y, con toda seguridad, no sueño. Pero mañana puedo morir y quisiera aliviar hoy mi espíritu. Mi inmediato deseo es mostrar al mundo, clara, concretamente y sin comentarios, una serie de simples acontecimientos domésticos que, por sus consecuencias, me han aterrorizado, torturado y anonadado. A mí casi no me han producido otro sentimiento que el de horror; pero a muchas personas les parecerán menos terribles que *baroques*. Tal vez más tarde haya una inteligencia que reduzca mi fantasma a lugar común. Alguna inteligencia más serena, más lógica y mucho menos excitable que la mía encontrará, en las circunstancias que relato con temor, una serie normal de causas y efectos naturalísimos.

La docilidad y humanidad de mi carácter sorprendieron desde mi infancia. Tan notable era la ternura de mi corazón que había hecho de mí el juguete de mis amigos. Sentía una auténtica pasión por los animales, y mis padres me permitieron tener una gran variedad de animales de compañía. Casi todo el tiempo lo pasaba con ellos y nunca me consideraba más feliz que cuando los daba de comer o los acariciaba. Con los años aumentó esta particularidad de mi carácter y cuando fui adulto hice de ella una de mis principales fuentes de goce. Aquellos que han profesado afecto a un perro fiel y sagaz no requieren la explicación de la naturaleza o la intensidad de los goces que eso puede producir. En el amor desinteresado de un animal, en el sacrificio de uno mismo, hay algo que llega directamente al corazón de aquel que con frecuencia ha tenido la ocasión de comprobar la amistad mezquina y la frágil debilidad del *hombre natural.*

Me casé joven. Tuve la suerte de descubrir en mi mujer una disposición semejante a la mía. Habiéndose dado cuenta de mi afición por los animales domésticos, no perdió oportunidad de proporcionármelos de la especie más agradable. Tuvimos pájaros, un pez de colores, un magnífico perro, conejos, un mono pequeño y *un gato.*

Era este último animal muy fuerte y bello, completamente negro y de una sagacidad maravillosa. Mi mujer, que era en el fondo algo supersticiosa, aludía frecuentemente a la antigua creencia popular que considera a todos los gatos negros como brujas disfrazadas. No quiere esto decir que hablara siempre en serio sobre este particular, y lo consigno sencillamente porque lo recuerdo.

Plutón —así se llamaba el gato— era mi amigo predilecto. Sólo yo le daba de comer y, adondequiera que fuese me seguía por la casa. Incluso me costaba trabajo impedirle que me siguiera por la calle.

Nuestra amistad subsistió así algunos años, durante los cuales mi carácter y mi temperamento

—me sonroja confesarlo—, por causa del demonio de la intemperancia, sufrió una alteración radicalmente funesta. De día a día me hice más taciturno, más irritable, más indiferente hacia los sentimientos ajenos. Empleé con mi mujer un lenguaje brutal y con el tiempo la afligí incluso con violencias personales. Naturalmente, mis animales debieron de notar el cambio de mi carácter. No solamente no les hacía caso alguno, sino que los maltrataba. Sin embargo, por lo que se refiere a *Plutón,* aún despertaba en mí la consideración suficiente para no pegarle. En cambio, no sentía ningún escrúpulo en maltratar a los conejos, el mono y hasta el perro cuando, por casualidad o movidos por el afecto, se cruzaban en mi camino. Pero iba secuestrándome mi mal, porque ¿qué mal admite comparación con el alcohol? Andando el tiempo, el mismo *Plutón,* que envejecía y naturalmente se hacía un poco huraño, comenzó a conocer los efectos de mi perverso carácter.

Una noche, al regresar a casa completamente ebrio de vuelta de uno de los locales del barrio que yo solía frecuentar, me pareció que el gato evitaba mi presencia. Lo agarré, pero él, horrorizado por mi violenta actitud, me hizo en la mano con los dientes una leve herida. De mí se apoderó repentinamente un furor diabólico. En aquel instante dejé de conocerme. Pareció como si, de pronto, mi alma original hubiese abandonado mi cuerpo y una ruindad superdemoníaca, saturada de ginebra, se filtró en cada una de las fibras de mi ser. Del bolsillo del chaleco saqué un cortaplumas, lo abrí, atenacé al pobre animal por la garganta y, deliberadamente, le vacié un ojo… Me cubre el rubor, me abrasa, me estremezco al escribir esta abominable atrocidad.

Cuando, al amanecer, recuperé la razón, cuando se disiparon los vapores de mi crápula nocturna, experimenté un sentimiento mitad horror, mitad remordimiento, por el crimen que había cometido. Pero todo lo más era un débil y equívoco sentimiento, y el alma no sufrió sus acometidas. Volví a sumirme en los excesos y no tardé en ahogar en vino todo recuerdo de mi acción.

Entre tanto, el gato curó lentamente. La órbita del ojo perdido presentaba, es cierto, un aspecto espantoso. Pero después, con el tiempo, no pareció que se diera cuenta de ello. Según su costumbre, iba y venía por la casa; pero como era de esperar, en cuanto veía que me aproximaba a él huía aterrorizado. Me quedaba aún lo bastante de antiguo corazón para que no [sic] me afligiera la evidente antipatía en una criatura que tanto me había amado anteriormente. Pero ese sentimiento no tardó en ser desalojado por la irritación. Como para causar mi caída final e irrevocable, brotó entonces en mí el espíritu de la *perversidad,* espíritu del que la filosofía no se ocupa ni mucho ni poco.

No obstante, tan seguro como de que existe mi alma, creo que la perversidad es uno de los primitivos impulsos del corazón humano, una de esas primeras facultades o sentimientos que dirigen el carácter del hombre… ¿Quién no se ha sorprendido numerosas veces cometiendo una acción necia o vil, por la única razón de que no *debía* cometerla? ¿No tenemos una constante inclinación, pese a lo excelente de nuestro juicio a violar lo que es la *ley,* simplemente porque comprendemos que es la *ley?*

Digo que este espíritu de perversidad produciría mi ruina completa. El vivo e insondable deseo del alma de atormentarse a sí misma, de violentar su propia naturaleza, de hacer el mal por el mal mismo, me impulsaba a continuar y últimamente a llevar a efecto el suplicio que había infligido al inofensivo animal. Una mañana, a sangre fría, ceñí un nudo corredizo alrededor de su cuello y lo ahorqué de la rama de un árbol. Lo ahorqué con los ojos llenos de lágrimas, con el corazón desbordante del más amargo remordimiento. Lo ahorqué porque sabía que me había amado y porque reconocía que no me había dado motivo para encolerizarme con él. Lo ahorqué porque sabía que al hacerlo cometía un pecado mortal que comprometía a mi alma inmortal hasta el punto de colocarla, si esto fuera posible, lejos incluso de la misericordia infinita del muy terrible y misericordioso Dios.

En la noche siguiente al día en que cometí una acción tan cruel me despertó del sueño el grito de: «¡Fuego!». Ardían las cortinas de mi lecho. La casa era una gran hoguera. No sin grandes dificultades, mi mujer, un criado y yo logramos escapar del incendio. La destrucción fue total. Quedé arruinado y me abandoné desde entonces a la desesperación.

No intento establecer una relación de causa y efecto entre mi atrocidad y el desastre. Pero me limito a dar cuenta de una cadena de hechos y no quiero omitir el menor eslabón. Visité las ruinas al día siguiente del incendio. Excepto una, todas las paredes se habían derrumbado. Esta sola excepción la constituía un delgado tabique interior, situado casi en la mitad de la casa, y contra que se apoyaba la cabecera de mi lecho. Allí la fábrica había resistido en gran parte a la acción del fuego, hecho que atribuí a haber sido renovada recientemente. En torno a aquella pared se congregaba la multitud y numerosas personas examinaban una parte del muro con atención viva y minuciosa. Excitaron mi curiosidad las palabras «¡extraño!, ¡curioso!» y otras expresiones parecidas. Me acerqué y vi, a modo de un bajorrelieve esculpido sobre la blanca superficie, la figura de un gigantesco gato. La imagen estaba copiada con una exactitud realmente maravillosa. Rodeaba el cuello del animal una cuerda.

Al ver esta aparición —porque yo no podía considerar aquello más que como una aparición—, mi asombro y mi terror fueron extraordinarios. Por fin vino en mi ayuda la reflexión. Recordaba que había ahorcado al gato en un jardín contiguo a la casa. A los gritos de alarma, el jardín fue invadido inmediatamente por la muchedumbre, y el animal debió de ser descolgado por alguien del árbol por una ventana abierta. Indudablemente se hizo esto con el fin de despertarme. El derrumbamiento de las restantes paredes había comprimido a la víctima de mi crueldad contra el yeso recientemente extendido. La cal del muro, en combinación con las llamas y el amoníaco del cadáver, produjo la imagen tal como yo la veía.

Aunque prontamente satisfice así a mi razón, ya que no por completo a mi conciencia, dejó en mi imaginación una huella profunda el sorprendente caso del que acabo de dar cuenta. Durante algunos meses no pude librarme del fantasma del gato, y en todo ese tiempo nació en mi alma una especie de sentimiento que se parecía, aunque no lo era, al remordimiento. Llegué incluso a lamentar la pérdida del animal y a buscar en torno mío, en los miserables tugurios que por entonces frecuentaba, otro de la misma especie y facciones parecidas que pudiera sustituirlo.

Estaba yo sentado una noche, medio aturdido, en un bodegón infame, cuando atrajo repentinamente mi atención un objeto negro que yacía en lo alto de uno de los inmensos barriles de ginebra o ron que componían el mobiliario más importante de la sala. Hacía ya algunos momentos que miraba a lo alto del tonel y me sorprendió no haber advertido el objeto colocado encima. Me acerqué a él y lo toqué. Era un gato negro, enorme, tan corpulento como *Plutón,* al que se parecía en todo salvo en un pormenor: *Plutón* no tenía un solo pelo blanco en el cuerpo, pero éste tenía una señal ancha y blanca, aunque de forma indefinida, que le cubría casi todo el pecho.

Al tocarlo, se levantó repentinamente, ronroneando con fuerza, se restregó contra mi mano y pareció contento con mi caricia. Era, pues, el animal que yo buscaba. Le propuse al tabernero comprarle el animal, pero él no era su dueño, ni lo conocía ni lo había visto nunca hasta entonces.

Continué acariciándolo y, cuando me disponía a regresar a casa, el animal se mostró dispuesto a acompañarme. Se lo permití e, inclinándome de cuando en cuando para acariciarlo, caminamos a casa. En seguida se encontró a gusto en ella y se convirtió en el mejor amigo de mi mujer.

Por mi parte, no tardé en experimentar hacia él una gran antipatía. Era, pues, precisamente lo contrario de lo que había esperado. No sé cómo ni por qué sucedió esto, pero su evidente ternura me enojaba y me fatigaba. Paulatinamente, el sentimiento de disgusto y fastidio se acrecentaron hasta convertirse en la amargura del odio. Yo evitaba su presencia. Una especie de vergüenza y el recuerdo de mi primera crueldad me impidieron que lo maltratara. Durante algunas semanas me abstuve de pegarlo o de tratarlo con violencia; pero gradual, insensiblemente, llegué a sentir por él un horror indecible y a eludir en silencio, como si huyera de la peste, su odiosa presencia.

Sin duda, lo que aumentó mi odio por el animal fue el descubrimiento que hice a la mañana del día siguiente de haberlo llevado a casa. Como *Plutón,* también él había sido privado de un ojo. Sin embargo, *esta* circunstancia contribuyó a hacerlo más querido a mi mujer, que, como he dicho ya, poseía grandemente la ternura de sentimientos que fue en otro tiempo mi rasgo característico y el frecuente manantial de mis placeres más sencillos y puros.

Sin embargo, el cariño que el gato me demostraba parecía crecer en razón directa de mi odio hacia él. Con una tendencia imposible de hacer comprender al lector, seguía constantemente mis pasos. En cuanto me sentaba, se acurrucaba bajo mi silla o saltaba sobre mis rodillas, cubriéndome con sus caricias espantosas. Si me levantaba para andar, se metía entre mis piernas y casi me derribaba, o bien, clavando sus largas y agudas garras en mi ropa, trepaba por ellas hasta mi pecho. En esos instantes, aun cuando hubiera querido matarlo de un golpe, me lo impedía en parte el recuerdo de mi primer crimen, pero sobre todo, me apresuro a confesarlo, el verdadero *terror* del animal.

Aquel terror no era positivamente el de un mal físico y, no obstante, me sería muy difícil definirlo de otro modo. Casi me avergüenza confesarlo. Aún en esta celda de criminal, casi me avergüenza confesar que todo el horror y el pánico que me inspiraba el animal se había acrecentado a causa de una de las fantasías más perfectas que es posible imaginar. Mi mujer me había hecho observar más de una vez la mancha blanca de que he hablado y que constituía la única diferencia perceptible entre el extraño animal y aquel que yo había matado. Recordará, sin duda, el lector que esta señal, aunque grande, tuvo primitivamente una forma indefinida. Pero lenta, gradualmente, por fases imperceptibles y que mi razón se esforzó durante largo tiempo en considerar como imaginarias, había concluido adquiriendo una nitidez rigurosa de contornos.

En ese momento era la imagen de un objeto que me hace temblar nombrarlo. Era, sobre todo, lo que me hacía mirarlo como a un monstruo de horror y repugnancia y lo que, si me hubiera atrevido, me habría impulsado a librarme de él. Era ahora, digo, la imagen de una cosa abominable y siniestra: la imagen ¡de la *horca!* ¡Oh lúgubre y terrible máquina de espanto y crimen, de muerte y agonía!

Yo era entonces un miserable, más allá de la miseria de la humanidad. Una *bestia bruta,* a cuyo hermano yo había aniquilado con desprecio; una *bestia bruta* engendrada en mí, hombre formado a imagen del Altísimo, ¡qué intolerable infortunio! ¡Ay! Ni de día ni de noche conocía ya la paz del descanso. Durante el día, el animal no me dejaba solo ni un instante. Y de noche, a cada momento despertaba de mis sueños lleno de indefinible angustia, era tan sólo para sentir el aliento tibio de *la cosa* sobre mi rostro y su enorme peso, encarnación de una pesadilla que yo no podía separar de mí y que me parecía eternamente posada en *mi corazón*.

Bajo tales tormentos sucumbió el pequeño resto de bondad que quedaba en mí. Me asediaban perversos pensamientos, los más infames de todos los pensamientos. La tristeza de mi humor de costumbre se acrecentó hasta hacerme aborrecer a todas las cosas y a la entera humanidad. Mi mujer, sin embargo, no se quejaba nunca. ¡Ay! Era mi paño de lágrimas siempre. La más paciente víctima de las repentinas, frecuentes e indomables explosiones de una furia a la que ciegamente me abandoné entonces.

Para un quehacer doméstico, me acompañó un día al sótano del viejo edificio en que nuestra pobreza nos obligaba a vivir. Por los empinados peldaños de la escalera me seguía el gato, que casi me hizo caer de bruces. Esto me exasperó hasta la locura. Apoderándome de un hacha y olvidando en mi furor el espanto pueril que hasta entonces había detenido mi mano, dirigí un golpe al animal, que hubiera sido mortal si lo hubiera alcanzado como quería. Pero la mano de mi mujer detuvo el golpe. Su intervención me produjo una rabia más que diabólica. Liberé mi brazo del obstáculo que lo detenía y le hundí a ella el hacha en el cráneo. Mi mujer cayó muerta instantáneamente, sin exhalar siquiera un gemido.

Después de cometer este horrible asesinato, procuré resueltamente esconder el cuerpo. Me di cuenta de que no podía hacerlo desaparecer de la casa, ni de día ni de noche, sin que se enteraran los vecinos. Asaltaron mi mente varios proyectos. Pensé por un instante en fragmentar el cadáver y arrojar al fuego los pedazos. Resolví después cavar una fosa en el suelo del sótano. Luego pensé arrojarlo al pozo del jardín. Cambié de idea y decidí embalarlo en un cajón, como una mercancía, en la forma habitual, y encargar a un transportista que se lo llevara de casa. Pero, por último, se me ocurrió un proyecto que consideré el más factible. Me decidí a emparedarlo en el sótano, como se dice que hacían los monjes de la Edad Media con sus víctimas.

El sótano parecía estar construido a propósito para semejante proyecto. Los muros no estaban levantados con el cuidado de costumbre y no hacía mucho tiempo habían sido recubiertos en toda su extensión por una capa de yeso que la humedad no dejó endurecer.

Por otra parte, había un saliente en uno de los muros, producido por una chimenea artificial o especie de hogar que quedó luego tapado y dispuesto de la misma forma que el resto del sótano. No dudé que me sería muy fácil quitar los ladrillos de aquel sitio, colocar el cadáver y rehacer la pared como estaba, de forma que ninguna mirada pudiese descubrir nada sospechoso.

No me engañó mi cálculo. Ayudado por una palanca, separé sin dificultad los ladrillos y, habiendo luego apoyado el cuerpo contra la pared interior, lo sostuve en esta postura hasta poder restablecer sin esfuerzo toda la fábrica en su estado primitivo. Con todas las precauciones imaginables me procuré cal y arena, preparé una argamasa que no podía distinguirse de la primitiva y cubrí escrupulosamente con ella el nuevo tabique.

Cuando terminé, vi que todo había resultado perfecto. La pared no presentaba la más leve señal de arreglo. Con el mayor cuidado barrí el suelo y recogí los escombros, miré triunfalmente en torno mío y me dije: «Por lo menos, en esta ocasión mi trabajo no ha sido infructuoso».

Mi primera idea, entonces, fue buscar al animal que había sido el causante de tan tremenda desgracia, porque al fin había resuelto matarla. Si en aquel momento hubiera podido encontrarlo, nada hubiese evitado su destino. Pero parecía que el astuto animal, ante la violencia de mi cólera, se había alarmado y procuraba no presentarse ante mí, desafiando mi mal humor. Imposible describir o imaginar la intensa, la apacible sensación de alivio que trajo a mi corazón la ausencia de la detestable criatura. En toda la noche no se presentó y ésta fue la primera que gocé desde su llegada a la casa, durmiendo tranquila y profundamente. Sí, *dormí* con el peso de aquel asesinato en mi alma.

Transcurrieron el segundo y el tercer día y mi atormentador no apareció. Como un hombre libre, respiré una vez más. En su terror, el monstruo había abandonado para siempre aquellos lugares Ya no volvería a verlo nunca. Mi dicha era infinita. Me inquietaba muy poco la criminalidad de mi tenebrosa acción. En la investigación del caso se me hicieron algunas preguntas, a las que respondí fácilmente. También se dispuso un registro de la casa; pero por supuesto no se descubrió nada. Yo daba por asegurada mi tranquilidad.

Al cuarto día después de haber cometido el asesinato, se presentó inopinadamente en mi casa un grupo de agentes de policía y procedieron de nuevo a un riguroso reconocimiento del inmueble. Sin embargo, confiado en lo impenetrable del escondite, no experimenté ninguna alteración.

Los agentes quisieron que los acompañara en sus pesquisas. Escudriñaron hasta el último rincón. Por tercera o cuarta vez bajaron al sótano. No me alteré en absoluto. Mi corazón latía pacíficamente, como el de cualquier persona que se sabe inocente y no tiene de qué preocuparse. Recorrí el sótano de punta a punta, me crucé de brazos y me paseé indiferente de un lado a otro. Plenamente satisfecha, la policía se disponía a abandonar la casa. Era demasiado intenso el júbilo de mi corazón para que pudiera reprimirlo. Sentía la viva necesidad de decir una palabra, una palabra tan sólo, a modo de triunfo, y hacer más evidente su convicción con respecto a mi inocencia.

—Señores —dije, por último, cuando los agentes subían la escalera—, es para mí una gran satisfacción haber desvanecido sus sospechas. Deseo a todos ustedes salud y un poco más de cortesía. Dicho sea de paso, señores, ésta es una casa muy bien construida —apenas sabía lo que hablaba, en mi insensato deseo de decir alguna cosa con naturalidad—. Puedo asegurar que ésta es una casa excelentemente construida. Estos muros… ¿Se van ustedes, señores? Estos muros están construidos con una gran solidez.

Entonces, por una fanfarronada, golpeé con fuerza con un bastón que tenía en la mano sobre la pared detrás de la cual estaba escondido el cadáver de mi querida esposa.

¡Ah! Que Dios me proteja y me libre de las garras del archidemonio! Apenas se apagó en el silencio el eco de mis golpes, me respondió una voz desde el fondo de la tumba. Era primero una queja, velada y entrecortada como el sollozo de un niño.

Después se convirtió en un grito prolongado, sonoro y continuo, completamente anormal e inhumano. Un alarido, un aullido, mitad de horror, mitad de triunfo, como solamente puede brotar del infierno, como si surgiera al unísono de la garganta de los condenados en sus torturas y de los demonios que gozan atormentando.

Sería una necedad tratar de expresar mis pensamientos. Me sentí desfallecer y, tambaleándome, caí contra la pared opuesta. Durante un instante los agentes se detuvieron en los escalones. El terror los había dejado atónitos. Un momento después, doce brazos robustos empezaron a derribar la pared, que cayó a tierra pesadamente. El cadáver, muy desfigurado ya y cubierto de sangre coagulada, apareció, rígido, a los ojos de los presentes.

Sobre su cabeza, con las rojas fauces dilatadas y llameando el único ojo, se posaba el odioso animal cuya astucia me llevó al asesinato, y cuya reveladora voz me entregaba al verdugo. ¡Yo había emparedado al monstruo en la tumba!

La familia del «vurdalak»

Alexéi Konstantinovich Tolstoi

El año 1815 había reunido en Viena a lo más distinguido de la erudición europea, los espíritus más brillantes de la sociedad y las grandes eminencias de la diplomacia. Pero el congreso había terminado.

Los emigrados realistas se disponían a regresar definitivamente a sus palacios, los guerreros rusos a reintegrarse a sus hogares abandonados, y algunos polacos descontentos a llevar a Cracovia su amor a la libertad, para protegerla allí bajo la triple y dudosa independencia que les habían procurado el príncipe de Metternich, el príncipe de Hardenberg y el conde de Nessrelrode.

Como al final de un baile animado, la reunión, poco antes tan bulliciosa, se había reducido a un pequeño número de personas inclinadas al placer que, fascinadas por los encantos de las damas austriacas, tardaban en levantar el vuelo y retrasaban su partida.

Esta alegre sociedad, de la que yo formaba parte, se reunía dos veces por semana en el palacio de la viuda princesa de Schwarzenberg, a unas millas de la ciudad, más allá de un pequeño burgo llamado Hitzing. Los modos refinados de la señora del lugar, realzados por su graciosa amabilidad y la delicadeza de su espíritu, hacían sumamente grata la estancia en su residencia.

Las mañanas las dedicábamos a pasear; co-
míamos todos juntos, bien en el palacio, ya en los
alrededores, y por la noche, sentados ante un buen
fuego de chimenea, nos distraíamos hablando y
contando historias. Estaba terminantemente prohibido hablar de política. Todo el mundo había acaba-
do harto de ella, y nuestros relatos versaban sobre
leyendas de nuestros países respectivos, o sobre
nuestros propios recuerdos.

Una noche en que cada cual había contado
ya algo y nuestro espíritu se hallaba en ese estado
de tensión que la oscuridad y la quietud hacen más
intenso por lo general, el marqués de Urfé, anciano
emigrado al que todos queríamos por su jovialidad
totalmente juvenil, y por la manera chispeante que
tenía de referir sus viejas aventuras, aprovechó un
momento de silencio para tomar la palabra:

—Sus historias, señores —nos dijo—, son
sin duda de lo más asombroso; pero en mi opinión
les falta un detalle esencial; me refiero a la autenti-
cidad. Porque no sé de ninguno de ustedes que haya
visto con sus propios ojos las cosas maravillosas
que acaba de relatar, o cuya veracidad pueda avalar
con su palabra de caballero.

Nos vimos obligados a reconocerlo, y el anciano prosiguió, acariciándose la chorrera:

—En cuanto a mí, señores, no sé más que
una aventura de ese género; pero es a la vez tan extraña, tan horrible y tan verídica, que ella sola bastaría para sobrecoger la imaginación del más incré-
dulo. Tuve la desgracia de ser a la vez testigo y
actor al mismo tiempo, y aunque normalmente prefiero no acordarme de ella, la relataré por una vez,
si estas damas tienen a bien permitírmelo.

El asentimiento fue unánime. A decir verdad, algunos dirigieron sus miradas temerosas hacia los rectángulos luminosos que la luna comenzaba a proyectar en el entarimado; pero en seguida el pequeño círculo se apiñó, y todos callaron para escuchar la historia del marqués. Monsieur d'Urfé tomó un pellizco de rapé, lo aspiró lentamente, y comenzó en estos términos:

—Antes que nada, pido perdón a las damas si, en el curso de mi relato, tengo que aludir a mis aventuras sentimentales más de lo que conviene a un hombre de mi edad. Pero debo referirme a ellas para que se comprenda mi relato. Por otra parte, es perdonable que la vejez tenga sus momentos de olvido, y será culpa de ustedes, mis queridas señoras, si, viéndolas tan hermosas, caigo en la tentación de creerme joven todavía. Diré, pues, sin más preámbulos, que en el año 1759 andaba perdidamente enamorado de la preciosa duquesa de Gramont. Esta pasión, que por entonces consideraba yo profunda y duradera, no me daba tregua ni de día ni de noche; y la duquesa, como hacen a menudo las mujeres bonitas, se complacía por coquetería en aumentar mis tormentos. Tanto que, en un momento de despecho, solicité, y obtuve, una misión diplomática junto al *hospodar* de Moldavia, entonces en negociaciones con el gabinete de Versalles sobre asuntos que sería tan enojoso como inútil exponer aquí. La víspera de mi partida, me presenté en casa de la duquesa. Me recibió con un talante menos burlón que lo habitual, y me dijo en un tono que denotaba cierta emoción:

»—D'Urfé, comete usted un gran disparate. Pero le conozco, y sé que no reconsiderará la decisión que ha tomado. Así que sólo le pido una cosa:

acepte este pequeño crucifijo en prenda de mi amistad y llévelo encima hasta su regreso. Es una reliquia de familia a la que damos gran valor.

»Con una galantería quizá fuera de lugar en aquel momento, besé, no la reliquia, sino la mano encantadora que me la ofrecía; me colgué del cuello este crucifijo, que no me he quitado desde entonces.

»No las cansaré, mis queridas señoras, con los detalles de mi viaje, o con las observaciones que hice de los húngaros y los serbios, ese pueblo pobre e ignorante pero valiente y honrado que, aunque sojuzgado por los turcos, no ha olvidado su dignidad, ni su antigua independencia. Baste decirles que, como había aprendido algo de polaco durante una estancia en Varsovia, no tardé en familiarizarme con el serbio, puesto que las dos lenguas, al igual que el ruso y el bohemio, no son, como evidentemente saben, sino ramas de una única lengua llamada eslavo.

»Sabía, pues, lo bastante de esa lengua para hacerme entender, cuando llegué un día a un pueblo cuyo nombre no viene al caso. Encontré a los habitantes de la casa donde descabalgué sumidos en una consternación que me pareció tanto más extraña cuanto que era domingo, día en que los serbios suelen entregarse a diversos placeres, como el baile, el tiro con arcabuz, la lucha, etc. Atribuí esta actitud de mis anfitriones a alguna desgracia recién acaecida; e iba a marcharme, cuando un hombre de unos treinta años, alto y de figura imponente, se me acercó y me cogió de la mano.

»—Entre, entre, extranjero —me dijo—; no se deje disuadir por nuestra tristeza; en cuanto sepa la causa la comprenderá.

»Me contó entonces que su anciano padre, que se llamaba Gorcha, hombre de carácter inquieto e intratable, se había levantado un día de la cama y había descolgado de la pared su largo arcabuz turco.

»—Hijos —había dicho a sus dos hijos, uno llamado Jorge y el otro Pedro—, me voy a las montañas, a unirme a los valientes que están dando caza a ese perro de Alibek (era el nombre de un salteador turco que, desde hacía algún tiempo, asolaba el país). Esperadme diez días; y si al décimo día no he regresado, mandad decir una misa por mí, porque habré muerto. Pero —había añadido el viejo Gorcha, adoptando un tono más serio— si volviese después de cumplidos los diez días, Dios os libre de ello, por vuestra salvación, no me dejéis entrar. Os ordeno que, en ese caso, olvidéis que fui vuestro padre y, diga lo que diga y haga lo que haga, me clavéis una estaca de álamo; porque entonces seré un maldito *vurdalak* que vuelve para chuparos la sangre.

»Debo decirles, mis queridas señoras, que los *vurdalaks,* o vampiros de los pueblos eslavos, no son otra cosa, en opinión de ese país, que cadáveres que salen de la tumba para chupar la sangre de los vivos. Hasta ahí, sus hábitos son idénticos a los de todos los vampiros; pero tienen otro que los hace más temibles. Los *vurdalaks* chupan la sangre preferentemente a sus familiares más allegados y a sus amigos más íntimos, los cuales, al morir, se convierten en vampiros a su vez; de manera que se dice que en Bosnia y en Hungría hay pueblos enteros convertidos en *vurdalaks*. El abad Agustín Calmet, en su curiosa obra sobre las apariciones, cita ejemplos sobrecogedores. Los emperadores alemanes nombraron varias veces comisiones para aclarar casos de vampirismo. Se levantaron actas, y se exhumaron cadáveres atiborrados de sangre que fueron quemados en las plazas públicas tras haberles atravesado el corazón. Los magistrados que presenciaron estas ejecuciones afirman haber oído a los cadáveres proferir aullidos en el momento en que el verdugo les hundía la estaca en el pecho. Hicieron deposición formal de tales hechos, corroborándolos con su juramento y su firma.

»Con esta información, señoras, les será fácil comprender el efecto que las palabras del viejo Gorcha habían producido en sus hijos. Los dos se arrojaron a sus pies y le suplicaron que los dejase ir en su lugar; pero por toda respuesta, les había vuelto la espalda y se había ido canturreando el estribillo de una antigua balada. El día de mi llegada al pueblo era precisamente aquel en que expiraba el plazo fijado por Gorcha, así que no me fue difícil comprender la inquietud de sus hijos.

»Era una familia buena y honrada. Jorge, el mayor de los dos hijos, de facciones varoniles muy marcadas, parecía hombre serio y decidido. Estaba casado y era padre de dos niños. Su hermano, Pedro, un guapo muchacho de dieciocho años, delataba en su fisionomía más dulzura que osadía, y parecía el favorito de una hermana menor llamada Sdenka, que podía pasar muy bien por el tipo de belleza eslava. Además de su beldad, indiscutible en todos sus aspectos, me sorprendió encontrar en ella, al pronto, un vago parecido con la duquesa de Gramont. Sobre todo, tenía un rasgo característico en la frente que no he encontrado en mi vida más que en estas dos personas. Quizá era un rasgo que no resultaba bonito al principio; pero a la larga acababa cautivando.

»Fuese que yo era muy joven entonces, fuese que este parecido, unido a un espíritu original e ingenuo, resultaba de un efecto verdaderamente irresistible, el caso es que no llevaba dos minutos hablando con Sdenka, cuando ya sentía por ella una viva simpatía que amenazaba convertirse en un sentimiento más tierno si prolongaba mi estancia en el pueblo.

»Estábamos todos reunidos delante de la casa, en torno a una mesa provista de queso y cuencos de leche. Sdenka hilaba; su cuñada preparaba la cena de los niños, que jugaban en la arena; Pedro, con fingida despreocupación, silbaba mientras limpiaba un yatagán, o largo cuchillo turco. Jorge, acodado en la mesa, con la cabeza entre las manos y la frente fruncida, devoraba el camino con los ojos sin decir palabra.

»En cuanto a mí, vencido por la tristeza general, miraba melancólicamente las nubes del atardecer que enmarcaban el fondo dorado del cielo y la silueta de un convento que un oscuro pinar ocultaba a medias.

»Según supe más tarde, este convento había gozado en otro tiempo de gran celebridad debido a una imagen milagrosa de la Virgen que, de acuerdo con la leyenda, había sido traída por los ángeles y depositada sobre un roble. Pero a principios del siglo pasado, los turcos invadieron el país, degollaron a los monjes y saquearon el convento. No quedaban más que los muros, y una capilla atendida por un ermitaño. Éste mostraba las ruinas a los curiosos y daba hospitalidad a los peregrinos que, yendo a pie de un lugar devoto a otro, decidían detenerse en el convento de la Virgen del Roble. Como he dicho, de todo esto no me enteré hasta más tarde; porque esa noche tenía yo en la cabeza algo muy diferente de la arqueología de Serbia. Como sucede a menudo cuando dejamos volar libremente la imaginación, pensaba en tiempos pasados, en los días de mi niñez, en la hermosa Francia, que había abandonado por un país remoto y salvaje.

»Pensaba en la duquesa de Gramont y, por qué no decirlo, en alguna otra contemporánea de sus abuelas, cuya imagen, sin yo saberlo, se había introducido en mi corazón tras la de la encantadora duquesa.

»Al cabo de un momento, había olvidado a mis anfitriones y su inquietud.

»De repente, Jorge rompió el silencio.

»—Mujer —dijo—, ¿a qué hora se fue el *viejo?*

»—A las ocho —contestó la mujer—; oí la campana del convento.

»—Entonces bien —prosiguió Jorge—; no pueden ser más de las siete y media —y calló, fijando nuevamente los ojos en el camino que se perdía en el bosque.

»He olvidado decirles, señoras, que cuando los serbios sospechan que alguien es vampiro evitan pronunciar su nombre o designarlo de manera directa, porque creen que es llamarlo de la tumba. Y que desde hacía algún tiempo, Jorge, al hablar de su padre, sólo le llamaba el *viejo*.

»Transcurrieron unos instantes en silencio. De repente, uno de los niños dijo a Sdenka, tirándola del delantal:

»—Tía, ¿cuándo volverá el abuelo a casa?

»Jorge le respondió a esta pregunta inoportu-
na con una bofetada.

»El niño se echó a llorar; y su hermano pequeño dijo en un tono a la vez asombrado y teme-
roso:

»—Padre, ¿por qué no quiere que hablemos
del abuelo?

»Otra bofetada le cerró la boca. Los dos
niños se pusieron a berrear y toda la familia se san-
tiguó.

»En ésas estábamos, cuando oí el reloj del
convento, que daba lentamente las ocho. Apenas re-
sonó la primera campanada en nuestros oídos, cuando vimos surgir del bosque una figura humana y
venir hacia nosotros.

»—¡Es él! ¡Alabado sea Dios! —exclamaron
a la vez Sdenka, Pedro y la cuñada.

»—¡Dios nos tenga en su santa guarda! —dijo
solemnemente Jorge—; ¿cómo saber si se han cumplido los diez días o no?

»Todo el mundo lo miró con un estremecimiento. Sin embargo, la figura humana seguía avan-
zando. Era un viejo alto, con bigote plateado, cara
pálida y adusta, que caminaba ayudándose con un
bastón. A medida que se acercaba, Jorge se volvía
más sombrío. Cuando el recién llegado estuvo
cerca, se detuvo y paseó la mirada por su familia
con ojos que parecían no ver, tan apagados los
tenía, y hundidos en sus órbitas.

»—Bueno —dijo con voz cavernosa—,
¿nadie se levanta a recibirme? ¿Qué significa ese silencio? ¿No veis que estoy herido?

»Entonces me di cuenta de que el viejo tenía
el costado izquierdo manchado de sangre.

»—Sostenga a su padre —dije a Jorge—; y usted, Sdenka, debería darle algún cordial; ¡está a punto de desmayarse!

»—Padre —dijo Jorge acercándose a Gorcha—, enséñeme esa herida; yo entiendo de heridas y se la voy a curar...

»Hizo ademán de abrirle la ropa, pero el anciano lo rechazó bruscamente y se cubrió el costado con las dos manos.

»—¡Quieto, torpe! —dijo—; ¡me has hecho daño!

»—¡Pero esa herida la tiene en el corazón! —exclamó Jorge, pálido—. Vamos, vamos; quítese la ropa. ¡Es preciso, es preciso, se lo aseguro!

»El viejo se enderezó, tieso como un huso.

»—Ojo, muchacho —dijo con voz sorda—: ¡como me toques, te maldigo!

»Pedro se interpuso entre Jorge y su padre.

»—Déjalo —dijo—; ¿no ves que le duele?

»—No lo contraríes —añadió su mujer—; ¡sabes que no lo ha consentido jamás!

»En ese momento, vimos un rebaño que volvía de pastar y se dirigía a la casa en medio de una nube de polvo. El perro que lo acompañaba, fuera que no reconoció al viejo amo, fuera por alguna otra razón, se detuvo con el pelo erizado en cuanto vio de lejos a Gorcha, y se puso a aullar como si viese algún ser sobrenatural.

»—¿Qué le pasa a ese perro? —dijo el viejo, cada vez de más malhumor—. ¿Qué significa todo esto? ¿Acaso me he vuelto un extraño en mi propia casa? ¿Es que diez días pasados en las montañas me han cambiado hasta el punto de que ni mis perros me reconocen?

»—¿Lo oyes? —dijo Jorge a su mujer.

»—¿Qué?

»—¡Reconoce que han pasado los diez días!

»—No, puesto que ha vuelto en el plazo fijado.

»—Está bien, está bien; yo sé lo que hay que hacer.

»Y como el perro seguía aullando:

»—¡Quiero que lo matéis! —exclamó Gorcha—. ¡Bueno!, ¿me habéis oído?

»Jorge no se movió; pero Pedro se levantó, con lágrimas en los ojos, y cogiendo el arcabuz de su padre, disparó sobre el perro, que cayó rodando en el polvo.

»—Pero era mi perro favorito —dijo muy bajo—. ¡No sé por qué ha querido padre que lo matáramos!

»—Porque se lo merecía —dijo Gorcha—. Vamos, hace frío; ¡quiero entrar!

Mientras ocurría esto fuera, Sdenka había preparado para el viejo una tisana compuesta de aguardiente cocido con peras, miel y pasas. Pero su padre la rechazó con repugnancia. La misma aversión mostró por el plato de cordero con arroz que le puso Jorge delante, y fue a sentarse en un rincón junto a la chimenea, murmurando entre dientes palabras ininteligibles.

»Un fuego de leña de pino chisporroteaba en el hogar y animaba con su resplandor tembloroso el rostro del viejo, tan pálido y desencajado que, sin esa iluminación, habría podido tomársele por el de un muerto. Sdenka fue a sentarse junto a él.

»—Padre —dijo—; no quiere tomar nada ni descansar; ¿por qué no nos cuenta su aventura en las montañas?

»Al decir esto, la muchacha sabía que tocaba una fibra sensible; porque el viejo se animaba hablando de guerras y batallas. Así que, afloró una especie de sonrisa a sus labios descoloridos, sin que sus ojos participasen de ella, y contestó pasándole la mano por sus hermosos cabellos dorados:

»—Sí, hija mía; sí, Sdenka. Te contaré lo que me ha ocurrido en las montañas; pero será en otro momento, porque hoy estoy cansado. Sin embargo, te diré que Alibek ya no existe, y que es mi mano la que le ha dado muerte. Y por si alguien lo duda —prosiguió el viejo paseando la mirada por toda su familia—, ¡aquí está la prueba!

»Deshizo una especie de bulto que llevaba a la espalda, y sacó de él una cabeza lívida y sangrante... ¡a la que, tocante a palidez, no le iba en zaga la suya! Apartamos la mirada con horror. Pero Gorcha, dándosela a Pedro:

»—Ten —le dijo—; cuelga eso encima de la puerta, para que todos los que pasen se enteren de que Alibek ha muerto, y de que los caminos están limpios de salteadores... ¡quitando a los jenízaros del sultán!

»Pedro obedeció con repugnancia.

»—Ahora lo comprendo todo —dijo—; ¡ese pobre perro que acabo de matar aullaba porque olfateaba carne muerta!

»—Sí, olfateaba carne muerta —replicó en tono lúgubre Jorge, que había salido sin que nadie se diese cuenta, y entraba en este momento trayendo en la mano una cosa que dejó en un rincón, y que me pareció una estaca.

»—Jorge —dijo su mujer a media voz—, supongo que no irás a...

»—Hermano —añadió su hermana—, ¿qué vas a hacer? Pero no; no harás nada, ¿verdad?

»—Dejadme —contestó Jorge—; yo sé lo que tengo que hacer, y no haré sino lo que sea necesario.

»A todo esto había caído la noche, y la familia fue a acostarse a una parte de la casa que estaba separada de mi habitación por un tabique bastante delgado. Confieso que lo que había visto durante la tarde había impresionado mi imaginación. Yo tenía la luz apagada, y la luna entraba de lleno por un ventanuco bajo, muy cerca de mi cama, proyectando en el suelo y las paredes una claridad macilenta, más o menos como entra aquí, señoras, en este salón donde estamos. Quería dormir pero no podía. Atribuyendo mi insomnio a la claridad de la luna, busqué algo que me sirviera de cortina, pero no encontré nada. Entonces, oí voces confusas al otro lado del tabique, y me puse a escuchar.

»—Acuéstate, mujer —decía Jorge—; y tú, Pedro; y tú, Sdenka. No os preocupéis por nada; yo velaré por vosotros.

»—Pero, Jorge —contestó su mujer—; me corresponde a mí velar; tú estuviste trabajando toda la noche anterior; debes de estar reventado. Además, tengo que mantenerme despierta por nuestro hijo mayor. ¡Sabes que no se encuentra bien desde ayer!

»—Estáte tranquila y acuéstate —dijo Jorge—; ¡yo velaré por los dos!

»—Pero, hermano —dijo entonces Sdenka con su voz más dulce—, me parece inútil velar. Nuestro padre se ha dormido ya; y su expresión parece serena y apacible.

»—No entendéis nada ni la una ni la otra —dijo Jorge en un tono que no admitía réplica—. Os digo que os acostéis y me dejéis velar.

»A continuación se hizo un profundo silencio. Poco después noté que me pesaban los párpados y que el sueño se apoderaba de mis sentidos.

»Me dio la impresión de que se abría lentamente mi puerta y aparecía el viejo Gorcha en el umbral. Pero más que ver su figura, la adivinaba; porque estaba muy oscura en la habitación de donde venía. Me pareció que sus ojos apagados intentaban leerme el pensamiento y seguir el movimiento de mi respiración. Después avanzó un pie, y luego el otro. Seguidamente, con precaución extrema, echó a andar hacia mí con paso de lobo. Luego dio un salto y se situó junto a mi lecho. Yo sentía una angustia indecible; pero una fuerza invisible me tenía inmovilizado. El viejo se inclinó sobre mí y me acercó su rostro lívido hasta el punto de que me pareció oler su aliento cadavérico. Entonces hice un esfuerzo sobrenatural y me desperté, bañado de sudor. No había nadie en mi cuarto; pero, al echar una mirada hacia la ventana, vi claramente al viejo Gorcha, fuera, con la cara pegada al cristal, y sus ojos espantosos clavados en mí. Tuve la fuerza de no gritar y la suficiente presencia de ánimo para permanecer acostado como si no hubiese visto nada. Sin embargo, el viejo parecía haber venido sólo a asegurarse de que dormía; porque no hizo intento alguno de entrar, sino que, tras mirarme bien, se fue de la ventana, y le oí andar en la habitación contigua. Jorge se había dormido, y roncaba de tal modo que hacía temblar los tabiques. El niño tosió en ese momento, y distinguí la voz de Gorcha.

»—¿No duermes, pequeño? —dijo.

»—No, abuelo —contestó el niño—; ¡me gustaría charlar contigo!

»—Ah, ¿te gustaría charlar conmigo? ¿Y de qué charlaremos?

»—Quiero que me cuentes cómo combatiste a los turcos, ¡porque a mí también me gustaría combatir a los turcos!

»—Ya había pensado en eso, hijito; y te he traído un pequeño yatagán, que te daré mañana.

»—Ah, abuelo, dámelo ahora, ya que no duermes.

»—Pero, ¿por qué no me has dicho nada cuando era de día?

»—¡Porque papá me lo ha prohibido!

»—Es prudente, tu papá. Así que ¿te gustaría tener tu pequeño yatagán?

»—Ya lo creo; pero aquí no, ¡porque papá podría despertarse!

»—Pues ¿dónde, entonces?

»—Si salimos, te prometo portarme bien y no hacer ningún ruido.

»Me pareció distinguir una risita de Gorcha, y oí que el niño se levantaba. Yo no creía en los vampiros, pero la pesadilla que acababa de tener había influido en mis nervios; y, como no quería tener nada que reprocharme después, me levanté y di un golpe en el tabique con el puño. Habría bastado para despertar a todos los durmientes, pero nada me indicó que la familia me había oído. Corrí a la puerta decidido a salvar al niño; pero la encontré cerrada por fuera, y el cerrojo no cedía a mis esfuerzos. Mientras intentaba derribarla, vi pasar por delante de mi ventana al viejo con el niño en brazos.

»—¡Despierten, despierten! —grité con todas mis fuerzas, y sacudí el tabique con mis golpes. Sólo entonces despertó Jorge.

»—¿Dónde está el viejo? —dijo.

»—Deprisa, corra —le grité—; ¡el viejo se ha llevado a su hijo!

»De una patada, Jorge hizo saltar la puerta, que había sido cerrada por fuera como la mía, y echó a correr en dirección al bosque. Por fin conseguí despertar a Pedro, a su cuñada y a Sdenka. Nos reunimos delante de la casa; y tras unos minutos de espera, vimos regresar a Jorge con su hijo. Lo había encontrado desvanecido en el camino; pero no tardó en volver en sí, y no parecía más enfermo que antes. Acuciado a preguntas, contestó que su abuelo no le había hecho ningún daño, que habían salido juntos para charlar más a gusto, pero que una vez fuera había perdido el conocimiento, no recordaba cómo. En cuanto a Gorcha, había desaparecido.

»El resto de la noche, como cabe imaginar, transcurrió sin que nadie pegara ojo.

»A la mañana siguiente me enteré de que el Danubio, que cortaba el camino real a un cuarto de legua del pueblo, había empezado a arrastrar témpanos, cosa que ocurre siempre en esas regiones a finales del otoño y comienzos de primavera. El paso quedó cortado durante unos días, y no podía pensar siquiera en marcharme. De todos modos, aunque hubiese podido irme, la curiosidad, unida a cierta atracción más fuerte, me habría retenido. Cuanto más veía a Sdenka, más inclinado me sentía a amarla. No soy de los que creen en las pasiones repentinas e irresistibles cuyos ejemplos nos ofrecen las novelas; pero pienso que hay ocasiones en que el amor se desarrolla más deprisa que de costumbre. La belleza original de Sdenka, aquel singular parecido con la duquesa de Gramont, por la que había huido de París para encontrarla aquí, vestida con traje pintoresco, hablando una lengua extraña y armoniosa, aquel rasgo característico de la cara por el que, en Francia, había querido hacerme matar veinte veces, todo esto, unido a la singularidad de mi situación y a los misterios que me rodeaban, debió de contribuir a que madurase en mí un sentimiento que, en otras circunstancias, no se habría manifestado quizá sino de una forma vaga y pasajera.

»A lo largo del día oí a Sdenka conversar con su hermano menor.

»—¿Qué piensas tú de todo esto? —decía ella—. ¿También sospechas de nuestro padre?

»—Yo no me atrevo a sospechar —contestó Pedro—, y menos habiendo dicho el niño que no le ha hecho ningún daño. En cuanto a su desaparición, sabes que nunca ha dado explicaciones de sus ausencias.

»—Lo sé —dijo Sdenka—; pero entonces hay que salvarlo; porque ya conoces a Jorge...

»—Sí, sí; lo conozco. Hablarle sería inútil. Le esconderemos la estaca, y no irá a buscar otra, porque a este lado de las montañas no hay un solo álamo.

»—Sí, escondámosle la estaca; pero no hay que decir nada a los niños; ¡podría escapárseles, delante de Jorge!

»—Tendremos mucho cuidado —dijo Pedro; y se separaron.

»Llegó la noche sin que se supiera nada del viejo Gorcha. Yo estaba tendido en la cama, como la noche anterior, y la luna entraba de lleno en mi habitación. Cuando el sueño comenzaba a nublarme las ideas, sentí, como por instinto, la proximidad del viejo. Abrí los ojos y vi su cara pegada a mi ventana.

»Esta vez quise levantarme, pero me fue imposible. Me parecía que tenía los miembros paralizados. Después de mirarme largamente, el viejo se alejó. Le oí dar la vuelta a la casa y llamar suavemente a la ventana de la habitación donde dormían Jorge y su mujer. El niño se revolvió en su cama y gimió en sueños. Transcurrieron unos minutos en silencio; luego oí llamar otra vez a la ventana. Entonces el niño volvió a gemir y se despertó...

»—¿Eres tú, abuelo? —dijo.

»—Soy yo —contestó una voz sorda—; te traigo tu pequeño yatagán.

»—Pero no me atrevo a salir; ¡papá me lo ha prohibido!

»—No tienes por qué salir; ¡abre la ventana y ven a darme un beso!

»El niño se levantó y le oí abrir la ventana. Entonces, apelando a todas mis energías, salté de la cama y corrí a golpear el tabique. Un minuto después se había levantado Jorge. Le oí soltar un juramento, su mujer profirió un grito, y poco después nos habíamos reunido todos alrededor del niño inanimado. Gorcha había desaparcido como el día anterior. A fuerza de cuidados, logramos que el niño volviera en sí; pero estaba muy débil y respiraba con dificultad. El pobrecillo ignoraba la causa de su desvanecimiento. Su madre y Sdenka lo achacaron al susto que se había llevado al ser sorprendido hablando con su abuelo. Yo no dije nada. Sin embargo, una vez que el niño se hubo calmado, se volvieron a acostar todos salvo Jorge.

»Hacia el alba, oí que se despertaba su mujer, y que hablaban en voz baja. Sdenka se reunió con ellos, y la oí sollozar, así como a la cuñada.

»El niño había muerto.

»Paso por alto la desesperación de la familia. Nadie, sin embargo, atribuyó su causa al viejo Gorcha. Al menos, no lo dijeron abiertamente.

»Jorge no hablaba, pero su expresión siempre sombría tenía ahora algo de terrible. El viejo estuvo dos días sin aparecer. La noche del tercero (en que había tenido lugar el entierro del niño), me pareció oír pasos alrededor de la casa, y una voz de viejo que llamaba al hermanito del difunto. Me pareció también, por un momento, ver la cara de Gorcha pegada a mi ventana; pero no pude comprobar si era real o se trataba de un producto de mi imaginación, porque esa noche la luna estaba oculta Sin embargo, consideré mi deber informar a Jorge. Jorge interrogó al pequeño, y éste contestó que, efectivamente, había oído que le llamaba su abuelo, y que le había visto mirar por la ventana. Jorge ordenó severamente a su hijo que le despertase si volvía a ocurrir.

»Todas estas circunstancias no eran obstáculo para que mi afecto por Sdenka fuera en aumento.

»No había podido hablar con ella sin testigos durante el día. Cuando llegó la noche, la idea de mi marcha inminente me oprimía el corazón. La habitación de Sdenka estaba separada de la mía por un pasillo que daba por un lado a la calle y por el otro al patio.

»Se había acostado ya la familia que me hospedaba, cuando se me ocurrió dar una vuelta por el campo para distraerme. Salí al pasillo, y vi que la puerta de Sdenka estaba entornada.

»Me detuve involuntariamente. Un susurro de vestidos muy conocido hizo que el corazón me latiera con violencia. Luego oí la letra de una canción a media voz. Era el adiós que un rey serbio dirigía a su amada al partir para la guerra:

¡Oh, mi joven junco —decía el viejo rey—, yo parto para la guerra, y tú me olvidarás!

Los árboles que crecen al pie de la montaña son esbeltos y flexibles, ¡pero tu talle lo es más!

Los frutos del serbal que el viento mece son rojos, ¡pero tus labios son más rojos que los frutos del serbal!

Pero yo soy como un viejo roble deshojado, ¡y mi barba es más blanca que la espuma del Danubio!

Tú me olvidarás, amada mía, y yo moriré de tristeza; ¡pues el enemigo no osará matar a un viejo rey!

Y la hermosa contestó: "¡Juro serte fiel, y no olvidarte. Y si falto a este juramento, pido que puedas tú, después de muerto, chuparme la sangre del corazón!".

Y dijo el viejo rey: "¡Así sea!".

Y partió para la guerra. Y muy pronto la hermosa le olvidó...

»Aquí calló Sdenka como si temiese acabar la balada. Yo no pude contenerme más. Esta voz tan dulce, tan expresiva, era la voz de la duquesa de Gramont... Sin pararme a pensar, empujé la puerta y entré. Sdenka acababa de quitarse una especie de casaquilla que visten las mujeres de su país. Todo lo que llevaba era su camisa bordada en oro y seda roja, ajustada a su talle por una sencilla falda a cuadros. Sus hermosas trenzas rubias deshechas y su abandono realzaban sus atractivos. Sin enfadarse por mi brusca irrupción, pareció confusa; y se ruborizó ligeramente.

»—¡Oh! —me dijo—, ¿por qué ha entrado? ¿Qué pensarán de mí si nos sorprenden?

»—Sdenka, vida mía —le dije—, tranquilícese; todos duermen a nuestro alrededor, sólo el grillo en la yerba y el abejorro en el aire pueden oír qué tengo que decirle.

»—¡Oh, amigo mío, salga, salga! ¡Si le sorprende mi hermano, estoy perdida!

»—Sdenka, no me iré hasta que me haya prometido amarme siempre, como prometió la hermosa al rey de la balada. Me marcho pronto, Sdenka, ¡quién sabe cuándo volveremos a vernos! Sdenka, la amo más que a mi propia alma, más que a mi propia salvación... Suya es mi vida y mi sangre... ¿no me va a conceder una hora, a cambio?

»—Muchas son las cosas que pueden suceder en una hora —dijo Sdenka en tono pensativo; pero dejó su mano en la mía—. No conoce a mi hermano —prosiguió, estremeciéndose—. Tengo el presentimiento de que vendrá.

»—Tranquilícese, Sdenka mía —le dije—, su hermano está cansado por sus continuas vigilias: lo arrulla el viento que juega en los árboles; muy pesado es su sueño, y muy larga la noche, ¡y yo sólo le pido una hora! Después, adiós... ¡quizá para siempre!

»—¡Oh, no, para siempre no! —dijo vivamente Sdenka; luego retrocedió, como asustada de su propia voz.

».—¡Ah, Sdenka! —exclamé—, no veo nada sino a usted, no oigo nada sino a usted, no soy dueño de mí. Obedezco a una fuerza superior, ¡Sdenka, perdóneme! —y como un loco, la estreché contra mi corazón.

»—¡Oh, no es usted amigo mío! —dijo ella; y desasiéndose de mis brazos, fue a refugiarse en el fondo de su habitación. No sé qué le contesté; estaba confuso por mi audacia, no porque no me hubiera dejado llevar por ella en ocasiones parecidas, sino porque, a pesar de mi pasión, no podía por menos de sentir un sincero respeto por la inocencia de Sdenka.

»Es cierto que, al principio, había aventurado algunas de esas frases galantes que no desagradan a las mujeres hermosas de nuestro tiempo; pero en seguida sentí vergüenza, y renuncié, viendo que la sencillez de la joven le impedía comprender lo que ustedes, señoras (porque veo que sonríen), han adivinado con sólo haberlo insinuado.

»Y estaba allí, delante de ella, sin saber qué decir, cuando de repente la vi estremecerse y clavar en la ventana una mirada de terror. Seguí la dirección de sus ojos, y vi claramente el rostro inmóvil de Gorcha, que nos observaba desde fuera.

»En ese instante, sentí una mano pesada sobre mi hombro. Me volví. Era Jorge.

»—¿Qué hace aquí? —me preguntó.

Desconcertado ante esta brusca interpelación, le mostré a su padre que nos miraba por la ventana, y que desapareció en cuanto se vio descubierto por Jorge.

»—He oído al viejo, y he entrado a prevenir a su hermana —le dije.

»Jorge me miró como si quisiera leer el fondo de mi alma. Luego me asió por el brazo, me condujo a mi habitación y se fue sin decir palabra.

»A la mañana siguiente, la familia se había reunido ante la puerta de la casa, en torno a una mesa repleta de productos de la leche.

»—¿Dónde está el niño? —dijo Jorge.

»—En el patio —contestó su madre—; jugando solo a su juego favorito, imaginar que combate a los turcos.

»Apenas había dicho esto cuando, para nuestro completo asombro, vimos venir del fondo del bosque la alta figura de Gorcha; se acercó despacio a nuestro grupo, y se sentó a la mesa como hizo el día de mi llegada.

»—Sea bienvenido, padre —murmuró la nuera con voz apenas audible.

»—Bienvenido sea, padre —repitieron Sdenka y Pedro en voz baja.

»—Padre —dijo Jorge con voz firme, pero cambiando de color—; ¡le esperábamos para que bendijera la mesa!

»El viejo se volvió, arrugando el ceño.

»—¡Bendígala ya! —repitió Jorge—; y haga la señal de la cruz, o por san Jorge...

»Sdenka y su cuñada se inclinaron hacia el viejo y le suplicaron que dijera la oración.

»—No, no, no —dijo el viejo—. No tiene derecho a mandarme; y como insista, ¡lo maldigo!

Jorge se levantó y corrió a la casa. Poco después regresó, con ojos furibundos.

»—¿Dónde está la estaca? —exclamó—. ¿Dónde habéis escondido la estaca?

»Sdenka y Pedro intercambiaron una mirada.

»—¡Cadáver! —dijo entonces Jorge, dirigiéndose al viejo—, ¿qué has hecho de mi hijo mayor? ¿Por qué has matado a mi hijo? ¡Devuélvemelo, cadáver!

»Y mientras decía todo esto, se iba poniendo cada vez más pálido, y sus ojos se animaban aún más.

»El viejo lo miraba con ojos malévolos, pero no decía nada.

»—¡Ah! ¡La estaca, la estaca! —exclamó Jorge—. ¡El que la haya escondido responda de las desgracias que nos aguardan!

»En ese momento oímos la risa alegre del más pequeño, y le vimos llegar a caballo sobre una gran estaca que arrastraba caracoleando, y profiriendo con su vocecita el grito de guerra de los serbios cuando se lanzan sobre el enemigo.

»Al verlo, los ojos de Jorge centellearon. Arrebató la estaca al niño y se abalanzó sobre su padre. Éste profirió un aullido, y echó a correr en dirección al bosque a una velocidad tan poco acorde con su edad que parecía sobrenatural.

»Jorge lo persiguió por los campos, y poco después los perdimos de vista.

»El sol se había puesto ya cuando regresó Jorge a casa, pálido como la muerte y con los cabellos erizados. Se sentó cerca del fuego, y me pareció oír que le castañeteaban los dientes. Nadie se atrevió a preguntarle. Hacia la hora en que la familia tenía costumbre de retirarse, pareció recobrar toda su energía. Y llevándome aparte, me dijo de la manera más natural:

»—Mi querido huésped; acabo de ver el río. No hay témpanos, y el camino está despejado; nada impide ya su marcha. No hace falta —añadió, dirigiendo una mirada a Sdenka— que se despida de mi familia. Ella le desea por mediación mía toda la felicidad que se pueda alcanzar aquí abajo, y espero que guarde usted de nosotros un buen recuerdo. Mañana, al amanecer, encontrará ensillado el caballo, y a su guía dispuesto a acompañarlo. Adiós; acuérdese alguna vez de su anfitrión, y perdónelo si su estancia aquí no ha estado todo lo exenta de tribulaciones que él hubiera deseado.

»Las duras facciones de Jorge tenían en ese momento una expresión casi cordial. Me acompañó a mi habitación y me estrechó la mano por última vez. Luego se estremeció, y sus dientes castañetearon como si temblara de frío.

»Una vez solo, no pensé en acostarme, como habrán imaginado. Me preocupaban otras cosas. Yo había amado varias veces en mi vida. Había tenido accesos de ternura, de despecho y de celos; pero nunca, ni aun al separarme de la duquesa de Gramont, había experimentado una tristeza como la que me desgarraba el corazón en ese momento. Antes de que saliese el sol, me puse la ropa de viaje e intenté obtener una última entrevista con Sdenka. Pero Jorge me esperaba en el recibimiento. Se me esfumó toda posibilidad de volverla a ver.

»Salté sobre mi caballo y piqué espuelas. Me prometí volver a pasar por este pueblo a mi regreso de Jassy; y esta esperanza, por lejana que fuera, disipó poco a poco mis preocupaciones. Pensaba ya con complacencia en el momento del regreso, y mi imaginación me representaba de antemano todos los detalles, cuando un brusco movimiento del caballo estuvo a punto de hacerme perder el arzón. El animal se paró en seco, envaró las patas delanteras, y sus ollares emitieron ese ruido de alarma que la proximidad de un peligro arranca a los de su especie. Miré con atención, y vi delante de mí, a un centenar de pasos, un lobo que excavaba la tierra. Al oírme, emprendió la huida; hundí las espuelas en los ijares de mi montura y conseguí hacerla andar. Entonces descubrí, en el sitio que había abandonado el lobo, una fosa reciente. Me pareció distinguir además el extremo de una estaca que sobresalía unas pulgadas de la tierra que el lobo acababa de remover. Aunque no estoy seguro del todo porque pasé muy deprisa junto a ese lugar.

Aquí el marqués calló, y aspiró un pellizco de rapé.

—¿Es todo? —preguntaron las damas.

—¡Ah, no! —contestó el señor D'Urfé—. Lo que voy a contarles ahora representa para mí un recuerdo mucho más doloroso; y daría lo que fuera por librarme de él.

»Los asuntos que me llevaron a Jassy me retuvieron más tiempo de lo que yo había previsto. No quedaron concluidos hasta seis meses más tarde. ¿Qué puedo decirles? Es triste admitirlo, pero no deja de ser verdad que hay pocos sentimientos duraderos en este mundo. El éxito de mis negociaciones, los alientos que recibía del gabinete de Versalles, la política en una palabra, esa antipática política que tanto nos ha fastidiado últimamente, no tardó en debilitar en mi espíritu el recuerdo de Sdenka. Después, la mujer del *hospodar,* persona muy hermosa, y que dominaba perfectamente nuestra lengua, me había hecho el honor, desde mi llegada, de distinguirme entre los demás jóvenes extranjeros que residían en Jassy. Educado, como he sido, en los principios de la galantería francesa, mi sangre gala se habría rebelado ante la idea de pagar con la ingratitud la benevolencia que me demostraba la belleza. Así que respondí cortésmente a las insinuaciones que se me hicieron; incluso, para hacer valer los intereses y derechos de Francia, comencé a identificarme con los del *hospodar.*

»Llamado a mi país, emprendí de vuelta el camino que me había llevado a Jassy.

»No pensaba ya en Sdenka, ni en su familia, cuando una tarde, cabalgando por el campo, oí una campana que daba las ocho. No me resultó desconocido su tañido, y mi guía me dijo que provenía de un convento que había a cierta distancia. Le pregunté qué convento era aquél, y me dijo que el de la Virgen del Roble. Acucié a mi caballo, y poco después llamábamos a su puerta. Acudió a abrirnos el ermitaño, y nos condujo a la dependencia de los forasteros. La encontré tan llena de peregrinos que se me fueron las ganas de pasar la noche allí; así que le pregunté si podría encontrar alojamiento en el pueblo.

»—Encontrará de sobra —me contestó el ermitaño, exhalando un profundo suspiro—. Gracias a ese impío de Gorcha, ¡no faltan casas vacías allí!

»—¿Qué me dice? —pregunté—, ¿aún vive el viejo Gorcha?

»—¡Ah, no! ¡Bien muerto está, y enterrado, con una estaca en el corazón! Pero le chupó la sangre al hijo de Jorge. Y el niño regresó una noche, llorando a la puerta, diciendo que tenía frío y que quería entrar. La tonta de su madre, a pesar de que lo había enterrado ella misma, no tuvo valor para enviarlo otra vez al cementerio, y le abrió. Entonces se arrojó sobre ella y la chupó hasta matarla. Después de enterrada, volvió ella, también, a chuparle la sangre a su segundo hijo, luego a su marido, y después a su cuñado. Todos han muerto.

»—¿Y Sdenka? —dije yo.

»—¡Ah, se volvió loca de dolor! ¡Pobre criatura! No me hable de ella.

»La respuesta del ermitaño no era clara, y yo no me atreví a repetir la pregunta.

»—El vampirismo es contagioso —prosiguió el ermitaño, santiguándose—; son muchas las familias del pueblo que se han contaminado; algunas han perdido hasta a su último miembro. Y créame: debería pasar la noche en el convento; porque en el pueblo, si no acaba devorado por los *vurdalaks,* el terror que le harán pasar bastará para encanecerle antes de que toque yo a maitines. No soy más que un pobre religioso —prosiguió—, pero la generosidad de los viajeros me permite proveer a sus necesidades. Tengo quesos exquisitos, pasas que sólo con verlas se le hará la boca agua, ¡y algunos frascos de vino de Tokay que no desmerece en nada al que sirven a su santidad el Patriarca!

»En ese momento me pareció que el ermitaño cedía paso al posadero.

Me dio la impresión de que me había contado un cuento para darme ocasión de congraciarme con el cielo imitando la generosidad de los viajeros *que permitía al hombre santo proveer a sus necesidades.*

»Además, la palabra *miedo* me ha hecho siempre el mismo efecto que el clarín a un caballo de guerra. Habría sentido vergüenza de mí mismo si no hubiera partido en seguida. Mi guía, temblando, me pidió permiso para quedarse; se lo concedí de buen grado.

»Tardé una media hora en llegar al pueblo. Lo encontré desierto. Ni una luz brillaba en las ventanas, ni una canción se dejaba oír. Pasé en silencio por delante de todas las casas, la mayoría de las cuales me resultaban conocidas, y llegué finalmente a la de Jorge. Fuera movido por un recuerdo sentimental, o por mi temeridad de joven, el caso es que decidí pasar allí la noche.

»Bajé del caballo y llamé a la puerta cochera, se abrió, con un chirrido de goznes, y entré en el patio.

»Até el caballo ensillado bajo un cobertizo, donde encontré provisión de avena para una noche, y me dirigí con resolución a la casa.

»No había ninguna puerta cerrada, aunque todas las habitaciones parecían deshabitadas. La de Sdenka daba la impresión de haber sido abandonada el día antes. Aún había algunos vestidos sobre la cama. Unas joyas que ella recibió de mí, entre las que reconocí un crucifijo de esmalte que yo había comprado al pasar por Pest, brillaban sobre una mesa al resplandor de la luna. No pude por menos de sentir un encogimiento del corazón, a pesar de que mi amor era ya cosa pasada. De todos modos, me envolví en mi abrigo y me eché en la cama. Poco después me dormí. No me acuerdo con detalle de mi sueño, pero sé que vi a Sdenka, bella, ingenua y cariñosa como en otra ocasión. Me reproché, al verla, mi egoísmo y mi veleidad. ¿Cómo, me preguntaba, había podido abandonar a esta pobre criatura que me amaba, cómo había podido olvidarla? Luego, su imagen se confundió con la de la duquesa de Gramont, y no vi en las dos figuras sino a una misma y única persona. Me arrojé a los pies de Sdenka, e imploré su perdón. Todo mi ser, toda mi alma se fundieron en un sentimiento inefable de melancolía y de felicidad.

»En ese momento de mi sueño estaba, cuando me despertó a medias un susurro armonioso, semejante al del trigo agitado por una brisa ligera. Me pareció oír las espigas al rozarse melodiosamente, y el canto de los pájaros mezclándose con el rumor de una cascada y el cuchicheo de los árboles. Después, me dio la impresión de que todos estos ruidos confusos no eran sino el roce de un vestido de mujer, y me detuve ante esta idea. Abrí los ojos y vi a Sdenka junto a mi cama. La luna brillaba con un resplandor tan intenso que podía distinguir hasta el más pequeño detalle de los rasgos adorables, en otro tiempo tan queridos por mí: pero mi sueño sólo acababa de hacerme ver el precio. Encontré a Sdenka más hermosa y más desarrollada. Iba vestida igual que la última vez, cuando la había visto a solas: con una camisa sencilla bordada en oro y seda, y una falda muy ceñida por encima de las caderas.

»—¡Sdenka! —dije, incorporándome—, ¿Eres tú, Sdenka?

»—Sí, soy yo —me contestó con voz suave y triste—; tu Sdenka, a la que habías olvidado. ¡Ah, por qué no volviste antes? Ahora, todo ha terminado, es preciso que te vayas; ¡un instante más, y estarás perdido! ¡Adiós, amigo mío, adiós para siempre!

»—¡Sdenka —dije yo—, has sufrido muchas desgracias, me lo han contado! Ven, hablaremos un poco, y eso te aliviará!

»—¡Oh, amigo mío! —dijo ella—, no debes creer todo lo que se dice de nosotros. Pero vete, vete lo más deprisa que puedas; porque si te quedas aquí, es segura tu perdición.

»—Pero, Sdenka, ¿cuál es el peligro que me amenaza? ¿No puedes concederme una hora, una hora tan sólo, para hablar contigo?

»Sdenka se estremeció, y una extraña revolución se apoderó de toda su persona.

»—Sí, una hora; una hora, ¿verdad? Como cuando yo cantaba la balada del viejo rey, y entraste en esta habitación. ¿Es eso lo que quieres decir? Bien, de acuerdo: te concedo una hora. Pero no —dijo, rectificando—. Márchate, ¡vete! Vete cuanto antes; te lo suplico, ¡huye!... ¡Huye, ahora que aún tienes tiempo!

»Una energía salvaje animaba su semblante.

»No me explicaba las razones que la hacían hablar así, pero estaba tan hermosa que decidí quedarme, a pesar de sus ruegos. Cediendo finalmente a mi insistencia, se sentó junto a mí, me habló de tiempos pasados y me confesó ruborizándose que se había enamorado de mí desde el momento de mi llegada. Sin embargo, poco a poco, observé que se operaba un gran cambio en ella. Su antigua reserva dejó paso a un extraño abandono. Su mirada, hasta hacía poco tan tímida, tenía algo de atrevimiento. Finalmente, vi con sorpresa que su actitud hacia mí estaba muy lejos de la modestia que antes la había caracterizado.

»¿Es posible, me dije, que Sdenka no sea ya la joven pura e inocente que me pareció hace dos años? ¿Adoptaría entonces aquella apariencia por temor a su hermano? ¿Tan burdamente me dejé engañar por su fingida virtud? ¿Es, quizá, un refinamiento de su coquetería? ¡Y yo que creía conocerla! ¡Pero no importa! Si Sdenka no es una Diana como yo había pensado, muy bien puedo compararla con otra divinidad no menos amable; ¡y por Dios que prefiero el papel de Adonis al de Acteón!

»Si esta frase clásica que me dirigí a mí mismo les parece pasada de moda, señoras, les ruego que recuerden que lo que tengo el honor de contarles ocurría en el año de gracia de 1758. La mitología estaba entonces a la orden del día, y yo no tenía ningún interés en ir por delante de mi siglo. Mucho han cambiado las cosas desde entonces, y no hace tanto que la Revolución, al derribar los vestigios del paganismo a la vez que los de la religión cristiana, ha puesto a la diosa Razón en su lugar. Esta diosa, mis queridas señoras, no ha sido jamás mi patrona, cuando me he encontrado en presencia de ustedes; y, en la época de la que hablo, me sentía menos inclinado aún a ofrecerle sacrificios. Me abandoné sin reserva a la inclinación que me empujaba hacia Sdenka, y corrí gozosamente al encuentro de sus caricias. Llevábamos ya un rato entregados a una dulce intimidad cuando, entreteniéndome en adornarla con todas sus joyas, quise ponerle en el cuello el crucifijo de esmalte que había encontrado sobre la mesa. Al hacer yo el ademán, Sdenka retrocedió con un estremecimiento.

»—Basta de niñerías, amigo mío —me dijo—; ¡aparta esas fruslerías y hablemos de ti y de tus proyectos!

»La turbación de Sdenka me dio que pensar. Al mirarla con atención, observé que no tenía ya en el cuello, como antes, el montón de medallas, relicarios y bolsitas de incienso que las mujeres serbias suelen llevar desde niñas, y no se quitan hasta la muerte.

»—Sdenka —le dije—, ¿dónde están las medallas que llevabas en el cuello?

»—Las he perdido —contestó en un tono de impaciencia; y cambió en seguida de conversación.

»No sé qué presentimiento vago, del que no me di cuenta, se apoderó de mí. Quise marcharme, pero Sdenka me retuvo.

»—¡Cómo! —dijo—, ¿me has pedido una hora, y quieres irte ya a los pocos minutos?

»—Sdenka —dije—, tenías razón al insistirme en que me fuera; me parece que oigo ruido, ¡y temo que nos sorprendan!

»—Tranquilízate, amigo mío, todos duermen a nuestro alrededor, ¡y sólo el grillo en la yerba y el abejorro en el aire pueden oír lo que tengo que decirte!

»—No, no, Sdenka; ¡es preciso que me vaya!...

»—Espera, espera —dijo Sdenka—; ¡te amo más que a mi alma, más que a mi salvación; me dijiste que tu vida y tu sangre eran mías!...

»—Pero tu hermano, tu hermano, Sdenka; ¡tengo el presentimiento de que vendrá!

»—Tranquilízate, vida mía; mi hermano es arrullado por el viento que juega en los árboles; muy pesado es su sueño, y muy larga la noche, ¡y yo sólo te pido una hora!

»Diciendo esto, Sdenka estaba tan hermosa que el deseo de seguir junto a ella comenzaba a imponerse al vago terror que me turbaba. Una mezcla de recelo y voluptuosidad imposible de describir inundaba todo mi ser. A medida que me debilitaba, Sdenka se mostraba más tierna; tanto que decidí ceder, prometiéndome permanecer alerta. Sin embargo, como he dicho antes, nunca he sido sensato sino a medias; y cuando Sdenka, al notar mi reserva, me propuso combatir el frío de la noche con unas copas del generoso vino que dijo haber conseguido del buen ermitaño, acepté la sugerencia con un entusiasmo que le hizo sonreír. El vino hizo su efecto. A la segunda copa, se me borró por completo la mala impresión que me había causado el detalle del crucifijo y las medallas; Sdenka, con la ropa desordenada, sus hermosos cabellos medio destrenzados, sus joyas centelleando con la luz de la luna, me pareció irresistible. No me contuve ya, y la estreché entre mis brazos.

»Entonces, señoras, tuvo lugar una de esas misteriosas revelaciones que yo no sabría explicar, pero que la experiencia me ha obligado a creer, aunque hasta entonces me había sentido poco inclinado a admitirlas.

»La fuerza con que enlacé los brazos alrededor de Sdenka hizo que se me clavase en el pecho una de las puntas del crucifijo que les acabo de enseñar, y que la duquesa de Gramont me había regalado al separarnos. El agudo dolor que sentí fue para mí como un rayo de luz que me traspasó de parte a parte. Miré a Sdenka, y vi que su rostro, aunque siempre hermoso, estaba contraído por la muerte, que sus ojos no veían, y que su sonrisa era el rictus que deja la agonía en el rostro de un cadáver. Al mismo tiempo, percibí en el aposento ese olor nauseabundo que emana normalmente de las criptas mal cerradas. Ante mí se alzó la espantosa verdad con todo su horror, y recordé, demasiado tarde, la advertencia del ermitaño. Comprendí cuán comprometida era mi situación, y me di cuenta de que todo dependía de mi valor y mi sangre fría. Me aparté de Sdenka para ocultarle el terror que mi rostro debía de reflejar. Mis ojos se desviaron a continuación hacia la ventana, y vi al infame Gorcha apoyado en una estaca ensangrentada, con sus ojos de hiena clavados en mí. La otra ventana estaba ocupada por el pálido rostro de Jorge, que en ese momento tenía, como su padre, un aspecto espantoso. Los dos parecían espiar mis movimientos, y no dudé de que se abalanzarían sobre mí en cuanto hiciera yo el menor intento de huir. Fingí, pues, no haberlos visto, y con inmenso esfuerzo seguí prodigando a Sdenka, sí, mis queridas señoras, las mismas caricias que me gustaba hacerle antes del terrible descubrimiento. Entre tanto, pensaba angustiado en el medio de escapar. Observé que Gorcha y Jorge intercambiaban con Sdenka miradas de entendimiento, y que empezaban a impacientarse. Oí fuera, también, una voz de mujer y gritos de niños; aunque tan espantosos que habrían podido tomarse por maullidos de gatos salvajes.

»Ha llegado el momento de largarme —me dije—; ¡y cuanto antes mejor!

»Dirigiéndome luego a Sdenka, le dije en voz alta, de manera que me oyesen sus horribles parientes:

»—Estoy muy cansado, amor mío; quisiera acostarme y dormir unas horas; pero antes debo ir a ver si ha comido el caballo. Por favor, no te vayas, y espérame a que vuelva.

»Posé entonces mis labios sobre sus labios fríos y descoloridos, y salí. Encontré el caballo cubierto de espuma y forcejeando en el cobertizo. No había tocado la avena; pero el relincho que profirió al verme llegar me puso la carne de gallina, porque temí que delatara mis intenciones. Sin embargo, los vampiros, que probablemente habían oído mi conversación con Sdenka, habían pensado en tomar medidas. Comprobé luego que la puerta cochera estaba abierta y, saltando sobre la silla, hinqué las espuelas en los ijares del caballo.

»Al trasponer la puerta, tuve tiempo de ver que los congregados alrededor de la casa, la mayoría de los cuales estaba con la cara pegada a los cristales, eran numerosos. Creo que mi brusca salida les impidió reaccionar al principio; porque durante unos momentos no discerní, en el silencio de la noche, otro ruido que el galope uniforme de mi caballo. Creía ya poder felicitarme de mi astucia, cuando de repente oí detrás un rumor semejante a un huracán irrumpiendo en las montañas. Mil voces confusas gritaban, bramaban y parecían reñir entre sí. Luego callaron todas, como de común acuerdo, y oí un patear precipitado como si se acercase a la carrera un tropel de infantería.

»Acucié a mi montura hasta desgarrarle los ijares. Una ardiente fiebre hacía que me latiesen con violencia las arterias; y mientras me agotaba en esfuerzos inauditos por conservar mi presencia de ánimo, oí tras de mí una voz que me gritaba:

»—¡Detente, detente, amigo mío! ¡Te amo más que a mi alma, te amo más que a mi salvación! ¡Detente, detente! ¡Tu sangre es mía!

»A la vez, un aliento frío me rozó la oreja, y sentí que Sdenka saltaba a la grupa de mi caballo.

»—¡Corazón, vida mía! —me dijo—. No veo otra cosa que a ti, ni siento otra cosa que a ti. No soy dueña de mí; obedezco tan sólo a una fuerza superior. ¡Perdóname, amigo mío, perdóname!

»Y, estrechándome con sus brazos, trató de inclinarme hacia atrás y morderme en el cuello. Entablamos una lucha terrible. Durante largo rato, me defendí con gran esfuerzo; pero finalmente logré coger a Sdenka por la cintura con una mano, y por las trenzas con la otra; y enderezándome sobre los estribos, ¡la arrojé a tierra!

»A continuación me abandonaron las fuerzas, y el delirio se apoderó de mí. Mil imágenes frenéticas y terribles me perseguían gesticulando. Primero salieron Jorge y su hermano Pedro al borde del camino, e intentaron cortarme el paso. No lo consiguieron; e iba yo a alegrarme cuando, al volverme, descubrí al viejo Gorcha, que, valiéndose de su estaca, venía saltando como hacen los tiroleses para salvar precipicios. Gorcha quedó atrás también. Entonces su nuera, que tiraba de sus hijos, le arrojó uno; y Gorcha lo recibió con la punta de la estaca. Y sirviéndose de ella a modo de balista, lanzó al niño con todas sus fuerzas sobre mí. Esquivé el golpe. Pero con un instinto de verdadero bull-dog, el pequeño tunante se agarró al cuello de mi caballo, y me costó un esfuerzo tremendo arrancarlo. Del mismo modo me fue enviado el otro niño, pero cayó más allá del caballo, y se despachurró. No sé qué más vi; pero cuando recobré la conciencia, era de día y me encontraba tendido en el camino, junto a mi caballo agonizante.

»Así acabó, señoras, un episodio amoroso que debería haberme quitado para siempre las ganas de más. Algunas contemporáneas de sus abuelas podrían decirles si fui a partir de entonces más precavido.

»Sea como fuere, todavía tiemblo al pensar que, de haber sucumbido a mis enemigos, me habría convertido yo también en vampiro. Pero el Cielo no permitió que las cosas llegaran a ese punto; y lejos de estar sediento de su sangre, señoras, no pido otra cosa, con lo viejo que soy, que verter la mía al servicio de todas ustedes.

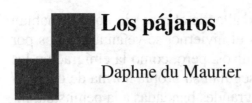

Los pájaros

Daphne du Maurier

El 3 de diciembre, el viento cambió de la noche a la mañana, y llegó el invierno. Hasta entonces, el otoño había sido suave y apacible. Las hojas, de un rojo dorado, se habían mantenido en los árboles y los setos vivos estaban verdes todavía. La tierra era fértil en los lugares donde el arado la había removido.

Nat Hocken, debido a una incapacidad contraída durante la guerra, disfrutaba de una pensión y no trabajaba todos los días en la granja. Trabajaba tres días a la semana y le encomendaban las tareas más sencillas: poner vallas, embardar, reparar las edificaciones de la granja..

Aunque casado, y con hijos, tenía tendencia a la soledad; prefería trabajar solo. Le agradaba que le encargasen construir un dique o reparar un portillo en el extremo más lejano de la península, donde el mar rodeaba por ambos lados a la tierra de labranza. Entonces, al mediodía, hacía una pausa para comer el pastel de carne que su mujer había cocido para él, y sentándose en el borde de la escollera, contemplaba a los pájaros. El otoño era época para esto, mejor que la primavera. En primavera, los pájaros volaban tierra adentro resueltos, decididos; sabían cuál era su destino; el ritmo y el ritual de su vida no admitían dilaciones. En otoño, los que no habían emigrado allende el mar, sino que se habían quedado a pasar el invierno, se veían animados por los mismos impulsos, pero, como la emigración les estaba negada, seguían su propia norma de conducta. Llegaban en grandes bandadas a la península, inquietos; ora describiendo círculos en el firmamento, ora posándose, para alimentarse, en la tierra recién removida, pero, incluso cuando se alimentaban, era como si lo hiciesen sin hambre, sin deseo. El desasosiego los empujaba de nuevo a los cielos.

Blancos y negros, gaviotas y chovas, mezcladas en extraña camaradería, buscando alguna especie de liberación, nunca satisfechas, nunca inmóviles. Bandadas de estorninos, susurrantes como piezas de seda, volaban hacia los frescos pastos, impulsados por idéntica necesidad de movimiento, y los pájaros más pequeños, los pinzones y las alondras, se dispersaban sobre los árboles y los setos.

Nat los miraba, y observaba también a las aves marinas. Abajo, en la ensenada, esperaban la marea. Tenían más paciencia. Pescadoras de ostras, zancudas y zarapitos aguardaban al borde del agua; cuando el lento mar lamía la orilla y se retiraba luego dejando al descubierto la franja de algas y los guijarros, las aves marinas emprendían veloz carrera y corrían sobre las playas. Entonces, las invadía también a ellas aquel mismo impulso de volar. Chillando, gimiendo, gritando, pasaban rozando el plácido mar y se alejaban de la costa. Se apresuraban, aceleraban, se precipitaban, huían; pero ¿adónde, y con qué finalidad? La inquieta urgencia del melancólico otoño había arrojado un hechizo sobre ellas y debían congregarse, girar y chillar; tenían que saturarse de movimiento antes de que llegase el invierno.

«Quizá —pensaba Nat, masticando su pastel de carne en el borde de la escollera— los pájaros reciben en otoño un mensaje, algo así como un aviso. Va a llegar el invierno. Muchos de ellos perecen. Y los pájaros se comportan de forma semejante a las personas que, temiendo que les llegue la muerte antes de tiempo, se vuelcan en el trabajo, o se entregan a la insensatez.»

Los pájaros habían estado más alborotados que nunca en este declinar del año; su agitación resaltaba más porque los dían eran muy tranquilos. Cuando el tractor trazaba su camino sobre las colinas del Oeste, recortada ante el volante la silueta del granjero, hombre y vehículo se perdían momentáneamente en la gran nube de pájaros que giraban y chillaban. Había muchos más que de ordinario. Nat estaba seguro de ello. Siempre seguían al arado en otoño, pero no en bandadas tan grandes como ésas, no con ese clamor.

Nat lo hizo notar cuando hubo terminado el trabajo del día.

—Sí —dijo el granjero—, hay más pájaros que de costumbre; yo también me he dado cuenta. Y muy atrevidos algunos de ellos; no hacían ningún caso del tractor. Esta tarde, una o dos gaviotas han pasado tan cerca de mi cabeza que creía que me habían arrebatado la gorra. Como que apenas podía ver lo que estaba haciendo cuando se hallaban sobre mí y me daba el sol en los ojos. Me da la impresión de que va a cambiar el tiempo. Será un invierno muy duro. Por eso están inquietos los pájaros.

Al cruzar los campos y bajar por el sendero que conducía a su casa, Nat, con el último destello del sol, vio a los pájaros reuniéndose todavía en las colinas del Oeste. No corría ni un soplo de viento, y el grisáceo mar estaba alto y en calma. Destacaba en los setos la coronaria, aún en flor, y el aire se mantenía plácido. El granjero tenía razón, sin embargo, y fue esa noche cuando cambió el tiempo. El dormitorio de Nat estaba orientado al Este. Se despertó poco después de las dos y oyó el ruido del viento en la chimenea. No el furioso bramido del temporal del Sudoeste que traía la lluvia, sino el viento del Este, seco y frío. Resonaba cavernosamente en la chimenea, y una teja suelta batía sobre el tejado. Nat prestó atención y pudo oír el rugido del mar en la ensenada. Incluso el aire del pequeño dormitorio se había vuelto frío: por debajo de la puerta se filtraba una corriente que soplaba directamente sobre la cama. Nat se arrebujó en la manta, se arrimó a la espalda de su mujer, que dormía a su lado, y quedó despierto, vigilante, dándose cuenta de que se hallaba receloso sin motivo.

Fue entonces cuando oyó unos ligeros golpecitos en la ventana. En las paredes de la casa no había enredaderas que pudieran desprenderse y rozar el cristal. Escuchó, y los golpecitos continuaron hasta que, irritado por el ruido, Nat saltó de la cama y se acercó a la ventana. La abrió y, al hacerlo, algo chocó contra su mano, pinchándole los nudillos y rozándole la piel. Vio agitarse unas alas y aquello desapareció sobre el tejado, detrás de la casa.

Era un pájaro. Qué clase de pájaro, él no sabía decirlo. El viento debía de haberle impulsado a guarecerse en el alféizar.

Cerró la ventana y volvió a la cama, pero, sintiendo humedad en los nudillos, se llevó la mano a la boca. El pájaro le había hecho sangre. Asustado y aturdido, supuso que el pájaro, buscando cobijo, le había herido en la oscuridad. Trató de conciliar de nuevo el sueño.

Pero al poco rato volvieron a repetirse los golpecitos, esta vez más fuertes, más insistentes. Su mujer se despertó con el ruido y, dándose la vuelta en la cama, le dijo:

—Echa un vistazo a esa ventana, Nat; está batiendo.

—Ya la he mirado —respondió él—; hay algún pájaro ahí fuera que está intentando entrar. ¿No oyes el viento? Sopla del Este y hace que los pájaros busquen donde guarecerse.

—Ahuyéntalos —dijo ella—. No puedo dormir con ese ruido.

Se dirigió de nuevo a la ventana y, al abrirla esta vez, no era un solo pájaro el que estaba en el alféizar, sino media docena; se lanzaron en línea recta contra su rostro, atacándolo.

Soltó un grito y, golpeándolos con los brazos, consiguió dispersarlos; al igual que el primero, se remontaron sobre el tejado y desaparecieron. Dejó caer rápidamente la hoja de la ventana y la sujetó con las aldabillas.

—¿Has visto eso? —exclamó—. Venían por mí. Intentaban picotearme los ojos.

Se quedó en pie junto a la ventana, escudriñando la oscuridad, y no pudo ver nada. Su mujer, muerta de sueño, murmuró algo desde la cama.

—No estoy exagerando —replicó él, enojado por la insinuación de la mujer—. Te digo que los pájaros estaban en el alféizar, intentando entrar en el cuarto.

De pronto, de la habitación en que dormían los niños, situada al otro lado del pasillo, surgió un grito de terror.

—Es Jill —dijo su mujer, sentándose en la cama completamente espabilada—. Ve a ver qué le pasa.

Nat encendió la vela, pero, al abrir la puerta del dormitorio para atravesar el pasillo, la corriente apagó la llama.

Sonó otro grito de terror, esta vez de los dos niños, y él se precipitó en su habitación, sintiendo inmediatamente el batir de alas a su alrededor, en la oscuridad. La ventana estaba abierta de par en par. A través de ella, entraban los pájaros chocando primero contra el techo y las paredes y, luego, rectificando su vuelo, se lanzaban sobre los niños, tendidos en sus camas.

—Tranquilizaos. Estoy aquí —gritó Nat, y los niños corrieron chillando hacia él, mientras, en la oscuridad, los pájaros se remontaban, descendían y le atacaban una y otra vez.

—¿Qué es, Nat? ¿Qué ocurre? —preguntó su mujer desde el otro dormitorio.

Nat empujó apresuradamente a los niños hacia el pasillo y cerró la puerta tras ellos, de modo que se quedó solo con los pájaros en la habitación.

Cogió una manta de la cama más próxima y, utilizándola como arma, la blandió a diestro y siniestro en el aire. Notaba cómo caían los cuerpos, oía el zumbido de las alas, pero los pájaros no se daban por vencidos, sino que, una y otra vez, volvían al asalto, punzándole las manos y la cabeza con sus pequeños picos, agudos como las afiladas púas de una horca. La manta se convirtió en un arma defensiva; se la arrolló en la cabeza y, entonces, en la oscuridad más absoluta, siguió golpeando a los pájaros con las manos desnudas. No se atrevía a llegarse a la puerta y abrirla, no fuera que, al hacerlo, le siguiesen los pájaros.

No podía decir cuánto tiempo estuvo luchando con ellos en medio de la oscuridad, pero, al fin, fue disminuyendo a su alrededor el batir de alas y, luego, cesó por completo. Percibía un débil resplandor a través del espesor de la manta. Esperó, escuchó, no se oía ningún sonido, salvo el llanto de uno de los niños en el otro dormitorio. La vibración, el zumbido de las alas, se había extinguido.

Se quitó la manta de la cabeza y miró a su alrededor. La luz, fría y gris, de la mañana iluminaba el cuarto. El alba, y la ventana abierta habían llamado a los pájaros vivos. Los muertos yacían en el suelo. Nat contempló, horrorizado, los pequeños cadáveres. Había petirrojos, pinzones, paros azules, gorriones, alondras, pinzones reales, pájaros que, por ley natural se adherían exclusivamente a su propia bandada y a su propia región y ahora, al unirse unos a otros en sus impulsos de lucha, se habían destruido a sí mismos contra las paredes de la habitación, o habían sido destruidos por él en la refriega. Algunos habían perdido las plumas en la lucha; otros tenían sangre, sangre de él, en sus picos.

Asqueado, Nat se acercó a la ventana y contempló los campos, más allá de su pequeño huerto

Hacía un frío intenso, y la tierra aparecía endurecida por la helada. No la helada blanca, la escarcha que brilla al sol de la mañana, sino la negra helada que trae consigo el viento del Este. El mar, embravecido con el cambio de la marea, encrespado y espumoso, rompía broncamente en la ensenada. No había ni rastro de los pájaros. Ni un gorrión trinaba en el seto, al otro lado del huerto, ni una chova, ni un mirlo, picoteaban la hierba en busca de gusanos. No se oía ningún sonido; sólo el ruido del viento y del mar.

Nat cerró la ventana y la puerta del pequeño dormitorio y cruzó el pasillo en dirección al suyo. Su mujer estaba sentada en la cama, con uno de los niños dormido a su lado y el más pequeño, con la cara vendada, entre sus brazos. Las cortinas estaban completamente corridas ante la ventana y las velas encendidas. Su rostro destacaba pálidamente a la amarillenta luz. Hizo a Nat una seña con la cabeza para que guardara silencio.

—Ahora está durmiendo —cuchicheó—, pero acaba de pillar el sueño. Algo le ha debido de herir; tenía sangre en las comisuras de los ojos. Jill dice que eran pájaros. Dice que se despertó y los pájaros estaban en la habitación.

Miró a Nat, buscando una confirmación en su rostro. Parecía aturdida, aterrada, y él no quería que se diese cuenta de que también él estaba excitado, trastornado casi, por los sucesos de las últimas horas.

—Hay pájaros allí dentro —dijo—, pájaros muertos, unos cincuenta por lo menos. Petirrojos, reyezuelos, todos los pájaros pequeños de los alrededores. Es como si, con el viento del Este, se hubiese apoderado de ellos una extraña locura. Se sentó en la cama, junto a su mujer y le asió la mano.

—Es el tiempo —dijo—, eso debe de ser, el mal tiempo. Probablemente, no son los pájaros de por aquí. Han sido empujados a estos lugares desde la parte alta de la región.

—Pero, Nat —susurró su mujer—, ha sido esta noche cuando ha cambiado el tiempo. No han venido empujados por la nieve. Y no pueden estar hambrientos todavía. Tienen alimento de sobra ahí fuera, en los campos.

—Es el tiempo —repitió Nat—. Te digo que es el tiempo.

Su rostro estaba tenso y fatigado, como el de ella. Durante un rato, se miraron uno a otro en silencio.

—Voy abajo a hacer un poco de té —dijo él.

La vista de la cocina le tranquilizó. Las tazas y los platillos ordenadamente apilados sobre el aparador, la mesa y las sillas, la madeja de labor de su mujer en su cestillo, los juguetes de los niños en el armario del rincón...

Se arrodilló, atizó los rescoldos y encendió el fuego. El arder de la leña, la humeante olla y la negruzca tetera le dieron una impresión de normalidad, de alivio, de seguridad. Bebió un poco de té y subió una taza a su mujer. Luego, se lavó en la fregadera, se calzó las botas y abrió la puerta trasera.

El cielo estaba pesado y plomizo, y las pardas colinas que el día anterior brillaban radiantes a la luz del sol aparecían lúgubres y sombrías. El viento del Este cortaba los árboles como una navaja, y las hojas, crujientes y secas se desprendían de las ramas y se esparcían con las ráfagas del viento. Nat refregó su bota contra la tierra. Estaba dura, helada. Nunca había visto un cambio tan repentino. En una sola noche había llegado el invierno.

Los niños se habían despertado. Jill estaba parloteando en el piso de arriba y el pequeño Johnny llorando otra vez. Nat oyó la voz de su mujer calmándolo, tranquilizándolo. Al cabo de un rato, bajaron. Nat les había preparado el desayuno, y la rutina del día comenzó.

—¿Echaste a los pájaros? —preguntó Jill, tranquilizada ya por el fuego de la cocina, por el día, por el desayuno.

—Sí, ya se han ido todos —respondió Nat—. Fue el viento del Este lo que les hizo entrar. Se habían extraviado, estaban asustados y querían refugiarse en algún lado.

—Intentaron picotearme —dijo Jill—. Se tiraban a los ojos de Johnny.

—Los impulsaba el miedo —contestó Nat a la niña—. En la oscuridad del dormitorio, no sabían dónde estaban.

—Espero que no vuelvan —dijo Jill—. Si les ponemos un poco de pan en la parte de fuera de la ventana, quizá lo coman y se marchen.

Terminó de desayunar y, luego, fue en busca de su abrigo y su capucha, los libros de la escuela y la cartera. Nat no dijo nada, pero su mujer lo miró por encima de la mesa. Un silencioso mensaje cruzó entre ellos.

—Iré contigo hasta el autobús —dijo él—. Hoy no voy a la granja.

Y, mientras la niña se lavaba en la fregadera, dijo a su mujer:

—Mantén cerradas todas las puertas y ventanas. Por si acaso, nada más. Yo voy a ir a la granja a ver si han oído algo esta noche.

Y echó a andar con su hija por el sendero. Ésta parecía haber olvidado su experiencia de la noche pasada. Iba delante de él, saltando, persi-

guiendo a las hojas, con el rostro sonrosado por el
frío bajo la capucha.

—¿Va a nevar, papá? —preguntó—. Hace
bastante frío.

Levantó la vista hacia el descolorido cielo,
mientras sentía en su espalda el viento cortante.

—No —respondió—, no va a nevar. Éste es
un invierno negro, no blanco.

Todo el tiempo fue escudriñando los setos en
busca de pájaros, mirando por encima de ellos a los
campos del otro lado, oteando el pequeño bosquecillo situado más arriba de la granja, donde solían
reunirse los grajos y las chovas. No vio ninguno.

Las otras niñas esperaban en la parada del
autobús, embozadas en sus ropas, cubiertas, como
Jill, con capuchas, ateridos de frío sus rostros.

Jill corrió hacia ellas agitando la mano.

—Mi papá dice que no va a nevar —exclamó—. Va a ser un invierno negro.

No dijo nada de los pájaros y empezó a dar
empujones, jugando, a una de las niñas. El autobús
remontó, renqueando, la colina. Nat la vio subir a él
y luego, dando media vuelta, se dirigió a la granja.
No era su día de trabajo, pero quería cerciorarse de
que todo iba bien. Jim, el vaquero, estaba trajinando
en el corral.

—¿Está por ahí el patrón? —preguntó Nat.

—Fue al mercado —repuso Jim—. Es martes, ¿no?

Y, andando pesadamente, dobló la esquina
de un cobertizo. No tenía tiempo para Nat. Decían
que Nat era superior. Leía libros, y cosas de ésas.
Nat había olvidado que era martes. Eso demostraba
hasta qué punto le habían trastornado los aconteci-

mientos de la noche pasada. Fue a la puerta trasera de la casa y oyó cantar en la cocina a la señora Trigg; la radio ponía un telón de fondo a su canción.

—¿Está usted ahí, señora? —llamó Nat.

Salió ella a la puerta, rechoncha, radiante, una mujer de buen humor.

—Hola, señor Hocken —dijo—. ¿Puede decirme de dónde viene este frío? ¿De Rusia? Nunca he visto un cambio así. Y la radio dice que va a continuar. El Círculo Polar Ártico tiene algo que ver.

—Nosotros no hemos puesto la radio esta mañana —dijo Nat—. Lo cierto es que hemos tenido una noche agitada.

—¿Se han puesto malos los niños?

—No...

No sabía cómo explicarlo. Ahora, a la luz del día, la batalla con los pájaros sonaría absurda.

Trató de contar a la señora Trigg lo que había sucedido, pero veía en sus ojos que ella se figuraba que su historia era producto de una pesadilla.

—¿Seguro que eran pájaros de verdad? —dijo, sonriendo—. ¿Con plumas y todo? ¿No serían de esa clase tan curiosa que los hombres ven los sábados por la noche después de la hora de cerrar?

—Señora Trigg —dijo él—, hay cincuenta pájaros muertos, petirrojos, reyezuelos y otros por el estilo, tendidos en el suelo del dormitorio de los niños. Me atacaron; intentaron lanzarse contra los ojos del pequeño Johnny.

La señora Trigg lo miró, dudosa.

—Bueno —contestó—, supongo que los empujó el mal tiempo. Una vez en la habitación, no sabrían dónde se encontraban. Pájaros extranjeros, quizá de ese Círculo Ártico.

—No —replicó Nat—, eran los pájaros que usted ve todos los días por aquí.

—Una cosa muy curiosa —dijo la señora Trigg—, realmente inexplicable. Debería usted escribir una carta al *Guardian* contándoselo. Seguramente que le sabrían dar alguna respuesta. Bueno, tengo que seguir con lo mío.

Inclinó la cabeza, sonrió y volvió a la cocina.

Nat, insatisfecho, se dirigió a la puerta de la granja. Si no fuese por aquellos cadáveres tendidos en el suelo del dormitorio, que ahora tenía que recoger y enterrar en alguna parte, a él también le parecería exagerado el relato.

Jim se hallaba junto al portillo.

—¿Ha habido dificultades con los pájaros? —preguntó Nat.

—¿Pájaros? ¿Qué pájaros?

—Han invadido nuestra casa esta noche. Entraban a bandadas en el dormitorio de los niños. Eran completamente salvajes.

—¿Qué? —las cosas tardaban algún tiempo en penetrar en la cabeza de Jim—. Nunca he oído hablar de pájaros que se porten salvajemente —dijo al fin—. Suelen domesticarse. Yo los he visto acercarse a las ventanas en busca de migajas.

—Los pájaros de anoche no estaban domesticados.

—¿No? El frío, quizá. Estarían hambrientos. Prueba a echarles algunas migajas.

Jim no sentía más interés que la señora Trigg. «Era —pensaba Nat—, como las incursiones aéreas durante la guerra. Nadie, en este extremo del país, sabía lo que habían visto y sufrido las gentes de Plymouth. Para que a uno le conmueva algo, es necesario haberlo padecido antes.» Regresó a su casa, andando por el sendero, y cruzó la puerta. Encontró a su mujer en la cocina con el pequeño Johnny.

—¿Has visto a alguien? —preguntó ella.

—A Jim y a la señora Trigg —respondió—. Me parece que no me han creído ni una palabra. De todos modos, por allí no ha pasado nada.

—Podías llevarte afuera los pájaros —dijo ella—. No me atrevo a entrar en el cuarto para hacer las camas. Estoy asustada.

—No tienes nada de qué asustarte ahora —replicó Nat—. Están muertos ¿no?

Subió con un saco y echó en él, uno a uno, los rígidos cuerpos. Sí, había cincuenta en total. Pájaros corrientes, de los que frecuentaban los setos, ninguno siquiera tan grande como un tordo. Debía de haber sido el miedo lo que los impulsó a obrar de aquella forma. Paros azules, reyezuelos, era increíble pensar en la fuerza de sus pequeños picos hiriéndole el rostro y las manos la noche anterior. Llevó el saco al huerto, y se le planteó entonces un nuevo problema. El suelo estaba demasiado duro para cavar. Estaba helado, compacto y sin embargo, no había nevado; lo único que había ocurrido en las últimas horas había sido la llegada del viento del Este. Era extraño, antinatural. Debían de tener razón los vaticinadores del tiempo. El cambio era algo ralacionado con el Círculo Polar Ártico.

Mientras estaba allí, vacilante, con el saco en la mano, el viento pareció penetrarle hasta los huesos. Podía ver las blancas crestas de las olas rompiendo allá abajo, en la ensenada. Decidió llevar los pájaros :a la playa y enterrarlos allí.

Cuando llegó a la costa, por debajo del farallón, apenas podía tenerse en pie, tal era la fuerza del viento. Le costaba respirar y tenía azuladas las manos. Nunca había sentido tanto frío en ninguno de los malos inviernos que podía recordar. Había marea baja. Caminó sobre los guijarros hacia la arena y, entonces, de espaldas al viento practicó un hoyo en el suelo con el pie. Se proponía echar en él los pájaros pero, al abrir el saco, la fuerza del viento los arrastró, los alzó como si nuevamente volvieran a volar, y los cuerpos helados de los cincuenta pájaros se elevaron de él a lo largo de la playa, sacudidos como plumas, esparcidos, desparramados Había algo repugnante en la escena. No le gustaba. El viento arrebató los pájaros y los apartó de él.

«Cuando la marea suba se los llevará», dijo para sí.

Miró al mar y contempló las espumosas rompientes, matizadas de una cierta tonalidad verdosa. Se alzaban briosas, se encrespaban, rompían y, a causa de la marea baja, su bramido sonaba distante, remoto, sin el tonante estruendo de la pleamar.

Entonces las vio. Las gaviotas. Allá lejos, flotando sobre las olas.

Lo que, al principio, había tomado por las blancas crestas de las olas eran gaviotas. Centenares, millares, decenas de millares... Subían y bajaban con el movimiento de las aguas, de cara al viento, esperando la marea, como una poderosa escuadra que hubiese echado el ancla. Hacia el Este y hacia el Oeste, las gaviotas estaban allí. Hilera tras hilera, se extendían en estrecha formación tan lejos como podía alcanzar la vista. Si el mar hubiese estado inmóvil, habrían cubierto la bahía como un velo blanco, cabeza con cabeza, cuerpo con cuerpo. Sólo el viento del Este, arremolinando el mar en las rompientes, las ocultaba desde la playa.

Nat dio media vuelta y, abandonando la costa, trepó por el empinado sendero en dirección a su casa. Alguien debía saber esto. Alguien debería enterarse. A causa del viento del Este y del tiempo, estaba sucediendo algo que no comprendía. Se preguntó si debía llegarse a la cabina telefónica, junto a la parada del autobús y llamar a la Policía. Pero ¿qué podrían hacer? ¿Qué podría hacer nadie? Decenas de miles de gaviotas posadas sobre el mar, allí, en la bahía a causa del temporal, a causa del hambre. La Policía le creería loco, o borracho, o se tomaría con toda calma su declaración. «Gracias. Sí, ya se nos ha informado de la cuestión. El mal tiempo está empujando tierra adentro a los pájaros en gran número.» Nat miró a su alrededor. No se veían señales de ningún otro pájaro. ¿Sería el frío lo que les había hecho llegar a todos desde la parte alta de la región? Al acercarse a la casa, su mujer salió a recibirlo a la puerta. Lo llamó, excitada.

—Nat —dijo—, lo han dicho por la radio. Acaban de leer un boletín especial de noticias. Lo he tomado por escrito.

—¿Qué es lo que han dicho por la radio? —preguntó él.

—Lo de los pájaros —respondió—. No es sólo aquí, es en todas partes. En Londres, en todo el país. Algo les ha ocurrido a los pájaros.

Entraron juntos en la cocina. Nat asió el trozo de papel que había sobre la mesa y lo leyó.

«Nota oficial del Ministerio del Interior, hecha pública a las once de la mañana de hoy. Se reciben informes procedentes de todos los puntos del país acerca de la enorme cantidad de pájaros que se están reuniendo en bandadas sobre las ciudades, los pueblos y los más lejanos distritos, los cuales provocan obstrucciones y daños e, incluso, han llegado a atacar a las personas. Se cree que la corriente de aire ártico, que cubre actualmente las islas Británicas, está obligando a los pájaros a emigrar al Sur en gran número, y que el hambre puede impulsarlos a atacar a los seres humanos. Se aconseja a todos los ciudadanos que presten atención a sus ventanas, puertas y chimeneas, y tomen razonables precauciones para la seguridad de sus hijos. Una nueva nota será hecha pública más tarde.»

Una viva excitación se apoderó de Nat; miró a su mujer con aire de triunfo.

—Ahí tienes —dijo—; esperemos que hayan oído eso en la granja. La señora Trigg se dará cuenta de que no era ninguna fantasía. Es verdad. Por todo el país. Toda la mañana he estado pensando que había algo que no marchaba bien. Y ahora mismo, en la playa, he mirado al mar y hay gaviotas, millares de ellas, decenas de millares, no cabría ni un alfiler entre sus cabezas, y están allá fuera, posadas sobre el mar, esperando.

—¿Qué están esperando, Nat? —preguntó ella.

Él la miró de hito en hito y luego volvió la vista hacia el trozo de papel.

—No lo sé —dijo lentamente—. Aquí dice que los pájaros están hambrientos.

Él se acercó al armario, de donde sacó un martillo y otras herramientas.

—¿Qué vas a hacer, Nat?

—Ocuparme de las ventanas, y de las chimeneas también, como han dicho.

—¿Crees que esos gorriones, y petirrojos, y los demás, podrían penetrar con las ventanas cerradas? ¡Qué va! ¿Cómo iban a poder?

Nat no contestó. No estaba pensando en los gorriones, ni en los petirrojos. Pensaba en las gaviotas...

Fue al piso de arriba, y el resto de la mañana estuvo allí trabajando, asegurando con tablas las ventanas de los dormitorios, rellenando la parte baja de las chimeneas. Realizó una buena faena; era su día libre y no estaba trabajando en la granja. Se acordó de los viejos tiempos, al principio de la guerra. No estaba casado entonces, y en la casa de su madre, en Plymouth, había instalado las tablas protectoras de las ventanas para evitar que se filtrase luz al exterior. También había construido el refugio, aunque, ciertamente, no fue de ninguna utilidad cuando llegó el momento. Se preguntó si tomarían todas estas precauciones en la granja. Lo dudaba. Harry Trigg y su mujer eran demasiado indolentes. Probablemente se reirían de todo esto. Se irían a bailar o a jugar una partida de *whist*.

—La comida está lista —gritó ella desde la cocina.

—Está bien. Ahora bajo.

Estaba satisfecho de su trabajo. Los entramados encajaban perfectamente sobre los pequeños vidrios y en la base de las chimeneas.

Una vez terminada la comida, y mientras su mujer fregaba los platos, Nat sintonizó el diario hablado de la una. Fue repetido el mismo aviso, el que ella había anotado por la mañana, pero el boletín de noticias dio más detalles.

«Las bandadas de pájaros han causado trastornos en todas las comarcas —decía el locutor—, y, en Londres, el cielo estaba tan oscuro a las diez de esta mañana, que parecía como si la ciudad estuviese cubierta por una inmensa nube negra.

»Los pájaros se posaban en lo alto de los tejados, en los alféizares de las ventanas y en las chimeneas. Las especies incluían mirlos, tordos, gorriones y, como era de esperar en la metrópoli, una gran cantidad de palomas y estorninos, y ese frecuentador del río de Londres, la gaviota de cabeza negra. El espectáculo ha sido tan inusitado que el tráfico se ha detenido en muchas vías públicas, el trabajo abandonado en tiendas y oficinas y las calles se han visto abarrotadas de gente que contemplaba a los pájaros.»

Fueron relatados varios incidentes, volvieron a enunciarse las causas probables del frío y el hambre y se repitieron los consejos a los dueños de casa. La voz del locutor era tranquila y suave. Nat tenía la impresión de que este hombre trataba la cuestión como si fuera una broma preparada. Habría otros como él, centenares de personas que no sabían lo que era luchar en la oscuridad con una bandada de pájaros. Esta noche se celebrarían fiestas en Londres, igual que los días de elecciones. Gente que se reunía, gritaba, reía, se emborrachaba. «¡Venid a ver los pájaros!»

Nat desconectó la radio. Se levantó y empezó a trabajar en las ventanas de la cocina. Su mujer lo observaba, con el pequeño Johnny pegado a sus faldas.

—Pero ¿también aquí vas a poner tablas? —exclamó—. No voy a tener más remedio que encender la luz antes de las tres. A mí me parece que aquí abajo no es necesario.

—Más vale prevenir que lamentar —respondió Nat—. No quiero correr riesgos.

—Lo que debían hacer —dijo ella— es sacar al Ejército para que disparara contra los pájaros. Eso los espantaría en seguida.

—Que lo intenten —replicó Nat—. ¿Cómo iban a conseguirlo?

—Cuando los portuarios se declaran en huelga, ya llevan el Ejército a los muelles —contestó ella—. Los soldados bajan y descargan los barcos.

—Sí —dijo Nat—, y Londres tiene ocho millones de habitantes, o más. Piensa en todos los edificios, los pisos, las casas. ¿Crees que tienen suficientes soldados como para llevarlos a disparar contra los pájaros desde todos los tejados?

—No sé. Pero debería hacerse algo. Tienen que hacer algo.

Nat pensó para sus adentros que «ellos» estaban, sin duda, considerando el problema en ese mismo momento, pero que cualquier cosa que decidiesen hacer en Londres y en las grandes ciudades no les sería de ninguna utilidad a las gentes que, como ellos, vivían a trescientas millas de distancia. Cada vecino debería cuidar de sí mismo.

—¿Cómo andamos de víveres? —preguntó.

—Bueno, Nat, ¿qué pasa ahora?

—No te preocupes. ¿Qué tienes en la despensa?

—Es mañana cuando tengo que ir a hacer la compra, ya sabes. Nunca guardo alimentos sin cocer, se estropean. El carnicero no viene hasta pasado mañana. Pero puedo traer algo cuando vaya mañana a la ciudad.

Nat no quería asustarla. Pensaba que era posible que no pudiese ir mañana a la ciudad. Miró en la despensa y en el armario donde ella guardaba las latas de conserva. Tenían para un par de días. Pan, había poco.

—¿Y qué hay del panadero?

—También viene mañana.

Observó que había harina. Si el panadero no venía, había suficiente para cocer una hogaza.

—Era mejor en los viejos tiempos —dijo—, cuando las mujeres hacían pan dos veces a la semana, y tenían sardinas saladas, y había alimentos suficientes para que una familia resistiese un bloqueo, si hacía falta.

—He tratado de dar pescado en conserva a los niños, pero no les gusta —contestó ella.

Nat siguió clavando tablas ante las ventanas de la cocina. Velas. También andaban escasos de velas. Otra cosa que había que comprar mañana. Bueno, no quedaba más remedio. Esta noche tendrían que irse pronto a la cama. Es decir, si...

Se levantó, salió por la puerta trasera y se detuvo en el huerto, mirando hacia el mar. No había brillado el sol en todo el día y ahora, apenas las tres de la tarde, había ya cierta oscuridad y el sol estaba sombrío, melancólico, descolorido como la sal. Podía oír el retumbar del mar contra las rocas. Echó a andar, sendero abajo, hacia la playa, hasta mitad de camino. Y entonces se detuvo. Se dio cuenta de que la marea había subido. La roca que asomaba a media mañana sobre las aguas estaba ahora cubierta, pero no era el mar lo que atraía su atención. Las gaviotas se habían levantado. Centenares de ellas, millares de ellas, describían círculos en el aire, alzando sus alas contra el viento. Eran las gaviotas las que habían oscurecido el cielo. Y volaban en silencio. No producían ningun sonido. Giraban en círculos, remontándose, descendiendo, probando su fuerza contra el viento.

Nat dio media vuelta. Subió corriendo el sendero y regresó a su casa.

—Voy a buscar a Jill —dijo—. La esperaré en la parada del autobús.

—¿Qué ocurre? —preguntó su mujer—. Estás muy pálido.

—Mantén dentro a Johnny —dijo—. Cierra bien la puerta. Enciende luz y corre las cortinas.

—Pero si acaban de dar las tres —objetó ella.

—No importa. Haz lo que te digo.

Miró dentro del cobertizo que había junto a la puerta trasera. No encontró nada que fuese de gran utilidad. El pico era demasiado pesado, y la horca no le servía. Tomó la azada. Era la única herramienta adecuada, y lo bastante ligera para llevarla consigo.

Echó a andar, camino arriba, en dirección a la parada del autobús; de vez en cuando miraba hacia atrás por encima del hombro.

Las gaviotas volaban ahora a mayor altura; sus círculos eran más abiertos, más amplios; se desplegaban por el cielo en inmensa formación.

Se apresuró; aunque sabía que el autobús no llegaría a lo alto de la colina antes de las cuatro, tenía que apresurarse. No adelantó a nadie por el camino. Se alegraba. No había tiempo para pararse a charlar.

Una vez en la cima de la colina, esperó. Era demasiado pronto. Faltaba todavía media hora. El viento del Este, procedente de las tierras altas, cruzaba impetuoso los campos. Golpeó el suelo con los pies y se sopló las manos. Podía ver a lo lejos las arcillosas colinas recortándose nítidamente contra la intensa palidez del firmamento. Desde detrás de ellas surgió algo negro, semejante al principio de un tiznón, que fue ensanchándose después y haciéndose más amplio; luego, el tiznón se convirtió en una nube, y la nube en otras cinco nubes que se extendieron hacia el Norte, el Sur, el Este y el Oeste, y no eran nubes, eran pájaros. Se quedó mirándolos, viendo cómo cruzaban el cielo, y cuando una de las secciones en que se habían dividido pasó a un centenar de metros por encima de su cabeza, se dio cuenta, por la velocidad que llevaban, de que se dirigían tierra adentro, a la parte alta del país, de que no sentían ningun interés por la gente de la península. Eran grajos, cuervos, chovas, urracas, arrendajos, pájaros todos que, habitualmente, solían hacer presa en las especies más pequeñas; pero, esta tarde, estaban destinados a alguna otra misión.

«Se dirigen a las ciudades —pensó Nat—; saben lo que tienen que hacer. Los de aquí tenemos menos importancia. Las gaviotas se ocuparán de nosotros. Los otros van a las ciudades.»

Se acercó a la cabina telefónica, entró en ella y levantó el auricular. En la central se encargarían de transmitir el mensaje.

—Hablo desde Highway —dijo—, junto a la parada del autobús. Deseo informar de que se están adentrando en la región grandes formaciones de pájaros. Las gaviotas están formando también en la bahía.

—Muy bien —contestó la voz, lacónica, cansada.

—¿Se encargará usted de transmitir este mensaje al departamento correspondiente?

—Sí... sí...

La voz sonaba ahora impaciente, hastiada. El zumbido de la línea se restableció.

«Ella es distinta —pensó Nat—; todo eso le tiene sin cuidado. Tal vez ha tenido que estar todo el día contestando llamadas. Piensa irse al cine esta noche. Apretará la mano de algun amigo: "¡Mira cuántos pájaros!". Todo eso le tiene sin cuidado.»

El autobús llegó renqueando a lo alto de la colina. Bajaron Jill y otras tres o cuatro niñas. El autobús continuó a la ciudad.

—¿Para qué es la azada, papá?

Las niñas lo rodearon riéndose, señalándolo.

—He estado usándola —dijo—. Y ahora vámonos a casa. Hace frío para quedarse por ahí. Miraré cómo cruzáis los campos, a ver a qué velocidad corréis.

Estaba hablando a las compañeras de Jill, las cuales pertenecían a distintas familias que vivían en las casitas de los alrededores. Un corto atajo los llevaría hasta sus casas.

—Queremos jugar un poco —dijo una de ellas.

—No. Os vais a casa, o se lo digo a vuestras mamás.

Cuchichearon entre sí, y luego echaron a correr a través de los campos. Jill miró, enfurruñada, a su padre.

—Siempre nos quedamos a jugar un rato —dijo.

—Esta noche, no —contestó él—. Vamos, no perdamos tiempo.

Podía ver ahora a las gaviotas describiendo círculos sobre los campos, adentrándose poco a poco sobre la tierra. Sin ruido. Silenciosas todavía.

—Mira allá arriba, papá, mira a las gaviotas.

—Sí. Date prisa.

—¿Hacia dónde vuelan? ¿Adónde van?

—Tierra adentro, supongo. A donde haga más calor.

La asió de la mano y la arrastró tras sí a lo largo del sendero.

—No vayas tan de prisa. No puedo seguirte.

Las gaviotas estaban mirando a los grajos y a los cuervos. Se estaban desplegando en formación de un lado a otro del cielo. Grupos de miles de ellas volaban a los cuatro puntos cardinales.

—¿Qué es eso, papá? ¿Qué están haciendo las gaviotas?

Su vuelo no era todavía decidido, como el de los grajos y las chovas. Seguían describiendo círculos en el aire. Tampoco volaban tan alto. Como si esperasen alguna señal. Como si hubiesen de tomar alguna decisión. La orden no estaba clara.

—¿Quieres que te lleve, Jill? Ven, súbete a cuestas.

De esta forma creía poder ir más de prisa; pero se equivocaba. Jill pesaba mucho y se deslizaba. Estaba llorando, además. Su sensación de urgencia, de temor, se le había contagiado a la niña.

—Quiero que se vayan las gaviotas. No me gustan. Se están acercando al camino.

La volvió a poner en el suelo. Echó a correr, llevando a Jill como a remolque. Al doblar el recodo que hacía el camino junto a la granja vio al granjero que estaba metiendo el coche en el garaje. Nat le llamó.

—¿Puede hacernos un favor? —dijo.

—¿Qué es?

El señor Trigg se volvió en el asiento y los miró. Una sonrisa iluminó su rostro, rubicundo y jovial.

—Parece que tenemos diversión —dijo—. ¿Ha visto las gaviotas? Jim y yo vamos a salir y les soltaremos unos cuantos tiros. Todo el mundo habla de ellas. He oído decir que le han molestado esta noche. ¿Quiere una escopeta?

Nat denegó con la cabeza.

El pequeño coche estaba abarrotado de cosas. Sólo había sitio para Jill, si se ponía encima de las latas de petróleo en el asiento de atrás.

—No necesito una escopeta —dijo Nat—, pero le agradecería que llevase a Jill a casa. Se ha asustado de los pájaros.

Lo dijo apresuradamente. No quería hablar delante de Jill.

—De acuerdo —asintió el granjero—. La llevaré a casa. ¿Por qué no se queda usted y se une al concurso de tiro? Haremos volar las plumas.

Subió Jill, y el conductor, dando la vuelta al coche, aceleró por el camino en dirección a la casa. Nat echó a andar detrás: Trigg debía estar loco. ¿De qué servía una escopeta contra un firmamento de pájaros?

Nat, libre ahora de la preocupación de Jill, tenía tiempo de mirar a su alrededor. Los pájaros seguían describiendo círculos sobre los campos. Eran gaviotas corrientes casi todas, pero, entre ellas, se hallaba también la gaviota negra. Por lo general, se mantenían apartadas, pero ahora marchaban juntas. Algún lazo las había unido. La gaviota negra atacaba a los pájaros más pequeños e incluso, según había oído decir, a los corderos recién nacidos. Él no lo había visto. Lo recordaba ahora, no obstante, al mirar al cielo. Se estaban acercando a la granja. Sus círculos iban siendo más bajos, y las gaviotas negras volaban al frente, las gaviotas negras conducían las bandadas. La granja era, pues, su objetivo. Se dirigían a la granja.

Nat aceleró el paso en dirección a su casa. Vio dar la vuelta al coche del granjero y emprender el camino de regreso. Cuando llegó junto a él, frenó bruscamente.

—La niña ya está dentro —dijo el granjero—. Su mujer la estaba esperando. Bueno, ¿qué le parece? En la ciudad dicen que lo han hecho los rusos. Que los rusos han envenenado a los pájaros.

—¿Cómo podrían hacerlo? —preguntó Nat.

—A mí no me pregunte. Ya sabe cómo surgen los bulos. ¿Qué? ¿Se viene a mi concurso de tiro?

—No; pienso quedarme en casa. Mi mujer se inquietaría.

—La mía dice que estaría bien que pudiésemos comer gaviota —dijo Trigg—; tendríamos gaviota asada, gaviota cocida y, por si fuera poco, gaviota en escabeche. Espere usted a que les suelte unos tiros. Eso las asustará.

—¿Ha puesto usted tablas en las ventanas?

—No. ¡Qué tontería! A los de la radio les gusta asustar a la gente. Hoy he tenido cosas más importantes que hacer que andar clavando las ventanas.

—Yo, en su lugar, lo haría.

—¡Bah! Exagera usted. ¿Quiere venirse a dormir en nuestra casa?

—No; gracias, de todos modos.

—Bueno. Piénselo mañana. Le daremos gaviotas para desayunar.

El granjero sonrió y, luego, enfiló el coche hacia la puerta de la granja.

Nat se apresuró. Atravesó el bosquecillo, rebasó el viejo granero y cruzó el portillo que daba acceso al prado.

Al pasar por el portillo, oyó un zumbido de alas. Una gaviota negra descendía en picado sobre él, erró, torció el vuelo y se remontó para volver a lanzarse de nuevo. En un instante se le unieron otras, seis, siete, una docena de gaviotas, blancas y negras mezcladas. Nat tiró la azada. No le servía. Cubriéndose la cabeza con los brazos, corrió hacia la casa. Las gaviotas continuaron lanzándose sobre él, en un absoluto silencio, sólo interrumpido por el batir de las alas, las terribles y zumbadoras alas. Sentía sangre en las manos, en las muñecas, en el cuello. Los agudos picos rasgaban la carne. Si por lo menos pudiese mantenerlas apartadas de sus ojos... Era lo único que importaba. Tenía que mantenerlas alejadas de los ojos. Aún no habían aprendido cómo aferrarse a un hombre, cómo desgarrar la ropa, cómo arrojarse en masa contra la cabeza, contra el cuerpo. Pero, a cada nuevo descenso, a cada nuevo ataque, se volvían más audaces. Y no se preocupaban en absoluto de sí mismas. Cuando se lanzaban en picado y fallaban, se estrellaban violentamente y

quedaban sobre el suelo, magulladas, reventadas.
Nat, al correr, tropezaba con sus cuerpos destroza-
dos, que empujaba con los pies hacia delante.

Llegó a la puerta y la golpeó con sus ensan-
grentadas manos. Debido a las tablas clavadas ante
las ventanas, no brillaba ninguna luz. Todo estaba
oscuro.

—Déjame entrar —gritó—; soy Nat. Déjame
entrar.

Gritaba fuerte para hacerse oír por encima
del zumbido de las alas de las gaviotas.

Entonces vio al planga, suspendido sobre él
en el cielo, presto a lanzarse en picado. Las gaviotas
giraban, se retiraban, se remontaban juntas contra el
viento. Sólo el planga permanecía. Un solo planga
en el cielo, sobre él. Las alas se plegaron súbita-
mente a lo largo de su cuerpo, y se dejó caer como
una piedra. Nat chilló, y la puerta se abrió. Traspuso
precipitadamente el umbral y su mujer arrojó contra
la puerta todo el peso de su cuerpo.

Oyeron el golpe del planga al caer.

Su mujer le curó las heridas. No eran profun-
das. Las muñecas y el dorso de las manos era lo que
más había sufrido. Si no hubiese llevado gorra, le
habrían alcanzado en la cabeza. En cuanto al planga... El planga podía haberle roto el cuello. Los
niños estaban llorando, naturalmente. Habían visto
sangre en las manos de su padre.

—Todo va bien ahora —los dijo—. No me
duele. No son más que unos rasguños. Juega con
Johnny, Jill. Mamá lavará estas heridas.

Entornó la puerta. de modo que no le pudiesen ver. Su mujer estaba pálida. Empezó a echarle
agua de la artesa.

—Las he visto allá arriba —cuchicheó ella—. Empezaron a reunirse justo cuando entró Jill con el señor Trigg. Cerré apresuradamente la puerta, y se atrancó. Por eso no he podido abrirla en seguida al llegar tú.

—Gracias a Dios que me han esperado a mí —dijo él—. Jill habría caído en seguida. Un solo pájaro lo habría conseguido.

Furtivamente, de modo que no se alarmasen los niños, siguieron hablando en susurros, mientras ella le vendaba las manos y el cuello.

—Están volando tierra adentro —decía él—. Miles de ellos: grajos, cuervos, todos los pájaros más grandes. Los he visto desde la parada del autobús. Se dirigen a las ciudades.

—Pero ¿qué pueden hacer, Nat?

—Atacarán. Atacarán a todo el que encuentren en las calles. Luego probarán con las ventanas, las chimeneas.

—¿Por qué no hacen algo las autoridades? ¿Por qué no sacan al Ejército, ponen ametralladoras, algo?

—No ha habido tiempo. Nadie está preparado. En las noticias de las seis oiremos lo que tengan que decir.

Nat volvió a la cocina, seguido de su mujer. Johnny estaba jugando tranquilamente en el suelo. Sólo Jill parecía inquieta.

—Oigo a los pájaros —dijo—. Escucha, papá.

Nat escuchó. De las ventanas, de la puerta, llegaban sonidos ahogados. Alas que rozaban la superficie, deslizándose, rascando, buscando un medio de entrar. El ruido de muchos cuerpos apretujados que se restregaban contra los muros. De vez en cuando, un golpe sordo, un fragor, el lanzamiento en picado de algún pájaro que se estrellaba contra el suelo.

«Algunos se matarán —pensó—, pero no es bastante. Nunca es bastante.»

—Bueno —dijo en voz alta—, he puesto tablas en las ventanas. Los pájaros no pueden entrar.

Fue examinando todas las ventanas. Su trabajo había sido concienzudo. Todas las rendijas estaban tapadas. Haría algo más, no obstante. Encontró cuñas, trozos de lata, listones de madera, tiras de metal, y los sujetó a los lados para reforzar las tablas. Los martillazos contribuían a amortiguar el ruido de los pájaros, los frotes, los golpecitos y, más siniestro —no quería que su mujer y sus hijos lo oyesen—, el crujido de los vidrios al romperse.

—Pon la radio —dijo—; a ver qué dice.

Esto disimularía también los ruidos. Subió a los dormitorios y reforzó las ventanas. Podía oír a los pájaros en el tejado, el rascar de uñas, un sonido insistente, continuo.

Decidió que debían dormir en la cocina; mantendrían encendido el fuego, bajarían los colchones y los tenderían en el suelo. No se sentía muy tranquilo con las chimeneas de los dormitorios. Las tablas que había colocado en la base de las chimeneas podían desprenderse. En la cocina, gracias al fuego, estarían a salvo. Tendría que hacer una diversión de todo ello. Fingir ante los niños que estaban jugando a campamentos. Si ocurría lo peor y los pájaros forzaban una entrada por las chimeneas de los dormitorios, pasarían horas, quizá días, antes de que pudiesen destruir las puertas. Los pájaros quedarían aprisionados en los dormitorios. Allí no podían hacer ningun daño. Hacinados entre sus paredes, morirían sofocados.

Empezó a bajar los colchones. Al verlo, a su mujer se le dilataron los ojos de miedo. Pensó que los pájaros habían irrumpido ya en el piso de arriba.

—Bueno —dijo él en tono jovial—, esta noche vamos a dormir todos juntos en la cocina. Resulta más agradable dormir aquí abajo, junto al fuego. Así no nos molestarán esos estúpidos pajarracos que andan por ahí dando golpecitos en las ventanas.

Hizo que los niños le ayudasen a apartar los muebles y tuvo la precaución de, con la ayuda de su mujer, colocar el armario pegado a la ventana. Encajaba bien. Era una protección adicional. Ahora ya se podían poner los colchones, uno junto a otro, contra la pared en que había estado el armario.

«Estamos bastante seguros ahora —pensó—, estamos cómodos y aislados, como en un refugio antiaéreo. Podemos resistir. Lo único que me preocupa son los víveres. Víveres y carbón para el fuego. Tenemos para uno o dos días, no más. Entonces...»

De nada servía formar proyectos con tanta antelación. Ya darían instrucciones por la radio. Dirían a la gente lo que tenía que hacer. Y, entonces, en medio de sus problemas, se dio cuenta de que la radio no transmitía más que música de baile. No el programa infantil, como debía haber sido. Miró el dial. Sí, estaba puesta la emisora local. Bailables. Sabía el motivo. Los programas habituales habían sido abandonados. Esto sólo sucedía en ocasiones excepcionales. Elecciones y cosas así. Intentó recordar si había sucedido lo mismo durante la guerra, cuando se producían las duras incursiones aéreas sobre Londres. Pero, naturalmente, la BBC no estaba en Londres durante la guerra. Transmitía sus programas desde otros estudios, instalados provisionalmente.

«Estamos mejor aquí —pensó—, estamos mejor aquí en la cocina, con las puertas y las ventanas entabladas, que como están los de las ciudades. Gracias a Dios que no estamos en las ciudades.»

A las seis cesó la música. Sonó la señal horaria. No importaba que se asustasen los niños, tenía que oír las noticias. Hubo una pausa. Luego, el locutor habló. Su voz era grave, solemne. Completamente distinta de la del mediodía.

«Aquí Londres —dijo—. A las cuatro de esta tarde se ha proclamado en todo el país el estado de excepción. Se están adoptando medidas para salvaguardar las vidas y las propiedades de la población, pero debe comprenderse que no es fácil que éstas produzcan un efecto inmediato, dada la naturaleza repentina y sin precedentes de la actual crisis. Todos los habitantes deben tomar precauciones para con su propia casa, y donde vivan juntas varias personas, como en pisos y apartamentos, deben ponerse de acuerdo para hacer todo lo que puedan en orden e impedir la entrada en ellos. Es absolutamente necesario que todo el mundo se quede en su casa esta noche y que nadie permanezca en las calles, carreteras, o en cualquier otro lugar desguarnecido. Enormes cantidades de pájaros están atacando a todo el que ven y han empezado ya a asaltar los edificios; pero éstos, con el debido cuidado, deben ser impenetrables. Se ruega a la población que permanezca en calma y no se deje dominar por el pánico. Dado el carácter excepcional de la situación, no serán radiados más programas, desde ninguna emisora, hasta las siete horas de mañana.»

Tocaron el Himno Nacional. No pasó nada más. Nat apagó la radio. Miró a su mujer y ella le devolvió la mirada.

—¿Qué ocurre? —preguntó Jill—. ¿Qué ha dicho la radio?

—No va a haber más programas esta noche —dijo Nat—. Ha habido una avería en la BBC.

—¿Es por los pájaros? —preguntó Jill—. ¿Lo han hecho los pájaros?

—No —respondió Nat—, es sólo que todo el mundo está muy ocupado, y además tienen que desembarazarse de los pájaros, que andan revolviéndolo todo allá arriba, en las ciudades. Bueno, por una noche podemos arreglarnos sin la radio.

—Ojalá tuviéramos un gramófono —dijo Jill—; eso sería mejor que nada.

Tenía el rostro vuelto hacia el armario, apoyado contra las ventanas. Aunque intentaban ignorarlo, percibían claramente los roces, los chasquidos, el persistente batir de alas.

—Cenaremos pronto —sugirió Nat—. Pídele a mamá algo bueno. Algo que nos guste a todos, ¿eh?

Hizo una seña a su mujer y le guiñó el ojo. Quería que la mirada de temor, de aprensión, desapareciese del rostro de Jill.

Mientras se hacía la cena, estuvo silbando, cantando, haciendo todo el ruido que podía, y le pareció que los sonidos exteriores no eran tan fuertes como al principio. Subió en seguida a los dormitorios y escuchó. Ya no se oía el rascar de antes sobre el tejado.

«Han adquirido la facultad de razonar —pensó—; saben que es difícil entrar aquí. Probarán en otra parte. No perderán su tiempo con nosotros.»

La cena transcurrió sin incidentes, y entonces, cuando estaban quitando la mesa, oyeron un nuevo sonido, runruneante, familiar, un sonido que todos ellos conocían y comprendían.

Su mujer le miró, iluminado el rostro.

—Son aviones —dijo—, están enviando aviones tras los pájaros. Eso es lo que yo he dicho desde el principio que tenían que hacer. Eso los ahuyentará. ¿Son cañonazos? ¿No oís cañones?

Quizá fuese fuego de cañón, allá en el mar. Nat no podría decirlo. Los grandes cañones navales puede que tuviesen eficacia contra las gaviotas en el mar, pero las gaviotas estaban ahora tierra adentro. Los cañones no podían bombardear la costa, a causa de la población.

—Es agradable oír a los aviones, ¿verdad? —dijo su mujer.

Y Jill captando su entusiasmo, se puso a brincar de un lado para otro con Johnny.

—Los aviones alcanzarán a los pájaros. Los aviones los echarán.

Justamente entonces oyeron un estampido a unas dos millas de distancia, seguido de otro y, luego, de otro más. El ronquido de los motores se fue alejando y desapareció sobre el mar.

—¿Qué ha sido eso? —preguntó la mujer—. ¿Estaban tirando bombas contra los pájaros?

—No sé —contestó Nat—, no creo.

No quería decirle que el ruido que habían oído era el estampido de un avión al estrellarse. Era, sin duda, un riesgo por parte de las autoridades enviar fuerzas de reconocimiento, pero podían haberse dado cuenta de que la operación era suicida. ¿Qué podían hacer los aviones contra pájaros que se lanzaban para morir contra las hélices y los fuselajes, sino arrojarse ellos mismos al suelo? Suponía que esto se estaba intentando ahora por todo el país. Y a un precio muy caro. Alguien de los de arriba había perdido la cabeza.

—¿Adónde se han ido los aviones, papá? —preguntó Jill.

—Han vuelto a su base —respondió—. Bueno, ya es hora de acostarse.

Mantuvo ocupada a su mujer, desnudando a los niños delante del fuego, arreglando los colchones y haciendo otras muchas cosas, mientras él recorría de nuevo la casa para asegurarse de que todo seguía bien. Ya no se oía el zumbido de la aviación y los cañones habían dejando de disparar.

«Una pérdida de vidas y de esfuerzos —se dijo Nat—. No podemos matar suficientes pájaros de esa manera. Cuesta demasiado. Queda el gas. Quizá intenten echar gases, gases venenosos. Naturalmente, nos avisarían primero, si lo hiciesen. Una cosa es cierta; los mejores cerebros del país pasarán la noche concentrados en este asunto.»

En cierto modo, la idea le tranquilizó. Se representaba un plantel de científicos, naturalistas y técnicos reunidos en consejo para deliberar; ya estarán trabajando sobre el problema. Ésta no era tarea para el Gobierno, ni para los jefes de Estado Mayor; éstos se limitarían a llevar a la práctica las órdenes de los científicos.

«Tendrán que ser implacables —pensó—. Lo peor es que, si deciden utilizar el gas, tendrán que arriesgar más vidas. Todo el ganado y toda la tierra quedarían contaminados también. Mientras nadie se deje llevar por el pánico... Eso es lo malo. Que la gente caiga en el pánico y pierda la cabeza. La BBC ha hecho bien en advertirnos eso.»

Arriba, en los dormitorios, todo estaba tranquilo. No se oía arañar y rascar en las ventanas. Una tregua en la batalla. Reagrupación de fuerzas. ¿No era así como lo llamaban en los partes de guerra? El viento, sin embargo, no había cesado. Podía oírlo todavía, rugiendo en las chimeneas. Y al mar rompiendo allá abajo, en la playa. Entonces se acordó de la marea. La marea estaría bajando. Quizá la tregua era debida a la marea. Había alguna ley que obedecían los pájaros y que estaba relacionada con el viento del Este y con la marea.

Miró al reloj. Casi las ocho. La pleamar debía de haber sido hacía una hora. Eso explicaba la tregua. Los pájaros atacaban con la marea alta. Puede que no actuaran así tierra adentro, pero ésta parecía ser la táctica que seguían en la costa. Calculó mentalmente el tiempo. Tenían seis horas por delante. Cuando la marea subiese de nuevo, a eso de la una y veinte de la madrugada, los pájaros volverían...

Había dos cosas que podía hacer. La primera, descansar con su mujer y sus hijos, dormir todo lo que pudiesen hasta la madrugada. La segunda, salir, ver cómo le iba a los de la granja y si todavía funcionaba el teléfono, para poder obtener noticias de la central.

Llamó en voz baja a su mujer, que acababa de acostar a los niños. Ella subió hasta la mitad de la escalera, y él le expuso lo que se proponía hacer.

—No te vayas —dijo ella al instante—, no te vayas dejándome sola con los niños. No podría resistirlo.

Su voz se elevó histéricamente. Él la apaciguó, la calmó.

—Está bien —dijo—, está bien. Esperaré a mañana. A las siete oiremos el boletín de noticias de la Radio. Pero, por la mañana, cuando vuelva a bajar la marea, me acercaré a la granja a ver si nos dan pan y patatas, y también algo de leche.

Su mente se hallaba ocupada, formando planes en previsión de posibles contingencias. Naturalmente, esta noche no habrían ordeñado a las vacas. Se habrían quedado fuera, en el corral, mientras los moradores de la casa se atrincheraban tras las ventanas entabladas, igual que ellos. Es decir, si habían tenido tiempo de tomar precauciones. Pensó en Trigg, sonriéndole desde el coche. No habría habido concurso de tiro esta noche.

Los niños se habían dormido. Su mujer, aún vestida, estaba sentada en su colchón. Miró nerviosamente a su marido.

—¿Qué vas a hacer? —cuchicheó.

Nat movió la cabeza, indicándole que guardara silencio. Lentamente, con cuidado, abrió la puerta trasera y miró al exterior.

La oscuridad era absoluta. El viento soplaba más fuerte que nunca, helado, llegando en rápidas ráfagas desde el mar. Puso el pie sobre el escalón del otro lado de la puerta. Estaba lleno de pájaros. Había pájaros muertos por todas partes. Bajo las ventanas, contra las paredes. Eran los suicidas, los somorgujos, y tenían los cuellos rotos. Adondequiera que miraba veía pájaros muertos. Ni rastro de los vivos. Con el cambio de la marea los vivos habían volado hacia el mar. Las gaviotas estarían ahora posadas sobre las aguas, como lo habían estado por la mañana.

A lo lejos, sobre la colina donde dos días antes había estado el tractor, estaba ardiendo algo. Uno de los aviones que se habían estrellado; el fuego, impulsado por el viento, había prendido a un almiar.

Contempló los cuerpos de los pájaros y se le ocurrió que, si los apilaba uno encima de otro sobre los alféizares de las ventanas, constituirían una protección adicional para el siguiente ataque. No mucho, tal vez, pero algo sí. Los cadáveres tendrían que ser desgarrados, picoteados y apartados a un lado, antes de que los pájaros vivos pudiesen afianzarse en los alféizares y atacar los cristales. Se puso a trabajar en la oscuridad. Era ridículo; le repugnaba tocarlos. Los cadáveres estaban todavía calientes y ensangrentados. Las plumas estaban manchadas de sangre. Sintió que se le revolvía el estómago, pero continuó con su trabajo. Se dio cuenta, con horror, de que todos los cristales de las ventanas estaban rotos. Sólo las tablas habían impedido que entraran los pájaros. Rellenó los cristales rotos con los sangrantes cuerpos de los pájaros.

Cuando hubo terminado, volvió a entrar en la casa. Atrancó la puerta de la cocina, para mayor seguridad. Se quitó las vendas, empapadas de la sangre de los pájaros, no de la de sus heridas, y se puso un parche nuevo.

Su mujer le había hecho cacao, y lo bebió ávidamente. Estaba muy cansado.

—Bueno —dijo sonriente—, no te preocupes. Todo irá bien.

Se tendió en su colchón y cerró los ojos. Se durmió en seguida. Tuvo un dormir agitado, porque a través de sus sueños se deslizaba la sombra de algo que había olvidado. Algo que tenía que haber hecho y se le había pasado. Alguna precaución que se le había ocurrido tomar, pero que no había llevado a la práctica y a la que no podía identificar en su sueño. Estaba relacionada de alguna manera con el avión en llamas y con el almiar de la colina. No obstante, siguió durmiendo; no se despertaba. Fue su mujer quien, sacudiéndole del hombro, le despertó por fin.

—Ya han empezado —sollozó—, han empezado hace una hora. No puedo escuchar sola por más tiempo. Y, además, hay algo que huele mal, algo que se está quemando.

Entonces recordó. Se había olvidado de encender el fuego. Sólo quedaban rescoldos a punto de apagarse. Se levantó rápidamente y encendió la lámpara. El golpeteo había comenzado ya a sonar en la puerta y en las ventanas, pero no era eso lo que atraía su atención. Era el olor a plumas chamuscadas. El olor llenaba la cocina. Se dio cuenta en seguida de lo que era. Los pájaros estaban bajando por la chimenea, abriéndose camino hacia la cocina.

Cogió papel y astillas, y las puso sobre las ascuas; luego, alcanzó el bote de parafina.

—Ponte lejos —ordenó a su mujer—; tenemos que correr este riesgo.

Arrojó la parafina en el fuego. Una rugiente llamarada subió por el cañón de la chimenea, y, sobre el fuego, cayeron los cuerpos abrasados, ennegrecidos, de los pájaros.

Los niños se despertaron y empezaron a llorar.

—¿Qué pasa? —preguntó Jill—. ¿Qué ha ocurrido?

Nat no tenía tiempo para contestar. Estaba apartando de la chimenea los cadáveres y arrojándolos al suelo. Las llamas seguían rugiendo y había que hacer frente al peligro de que se propagara el fuego que había encendido. Las llamas ahuyentarían de la boca de la chimenea a los pájaros vivos. La dificultad estaba en la parte baja. Ésta se hallaba obstruida por los cuerpos, humeantes e inertes, de los pájaros sorprendidos por el fuego. Apenas si prestaba atención a los ataques que se concentraban sobre la puerta y las ventanas. Que batiesen las alas, que se rompiesen los picos, que perdiesen la vida en su intento de forzar una entrada a su hogar. No lo conseguirían. Daba gracias a Dios por tener una casa antigua con ventanas pequeñas y sólidas paredes. No como las casas nuevas del pueblo. Que el cielo amparase a los que vivían en ellas.

—Dejad de llorar —gritó a los niños—. No hay nada que temer; dejad de llorar.

Siguió apartando los humeantes cuerpos a medida que caían al fuego.

«Esto los convencerá —se dijo—. Mientras el fuego no prenda a la chimenea, estamos seguros. Merecería que me fusilasen por esto. Lo último que tenía que haber hecho antes de acostarme era encender el fuego. Sabía que había algo.»

Mezclado con los roces y los golpes sobre las tablas de las ventanas, se oyó de pronto el familiar sonido del reloj de la cocina al dar la hora. Las tres de la madrugada. Aún tenían que pasar algo más de cuatro horas. No estaba seguro de la hora exacta en que había marea alta. Calculaba que no empezaría a bajar mucho antes de las siete y media, o las ocho menos veinte.

—Enciende el hornillo —dijo a su mujer—. Haznos un poco de té, y un poco de cacao para los niños. No tiene objeto estar sentado sin hacer nada.

Ésa era la línea a seguir. Mantenerlos ocupados a ella y a los niños. Andar de un lado para otro, comer, beber; lo mejor era estar siempre en movimiento.

Aguardó junto al fuego. Las llamas iban extinguiéndose. Pero por la chimenea ya no caían más cuerpos ennegrecidos. Introdujo hacia arriba el atizador todo lo que pudo y no encontró nada. Estaba despejada. La chimenea estaba despejada. Se enjugó el sudor de la frente.

—Anda, Jill —dijo—, tráeme unas cuantas astillas más. Pronto tendremos un buen fuego.

Pero ella no quería acercarse. Estaba mirando los chamuscados cadáveres de los pájaros, amontonados junto a él.

—No te preocupes de ellos —díjole su padre—, los pondremos en el pasillo cuando tenga listo el fuego.

El peligro de la chimenea había desaparecido. No volvería a repetirse, si se mantenía el fuego ardiendo día y noche.

«Mañana tendré que traer más combustible de la granja —pensó—. Éste no puede durar siempre. Ya me las arreglaré. Puedo hacerlo con la bajamar. Cuando baje la marea, se podrá trabajar e ir en busca de lo que haga falta. Lo único que tenemos que hacer es adaptarnos a las circunstancias; eso es todo.»

Bebieron té y cacao y comieron varias rebanadas de pan y extracto de carne. Nat se dio cuenta de que no quedaba más que media hogaza. No importaba; ya conseguirían más.

—¡Atrás! —exclamó el pequeño Johnny, apuntando a las ventanas con su cuchara—. ¡Atrás, pajarracos!

—Eso está bien —dijo Nat, sonriendo—, no los queremos a esos bribones, ¿verdad? Ya hemos tenido bastante.

Empezaron a aplaudir cuando se oía el golpe de los pájaros suicidas.

—Otro más, papá —exclamó Jill—; ése ya no tiene nada que hacer.

—Sí —dijo Nat—, ya está listo ese granuja.

Ésta era la forma de tomarlo. Éste era el espíritu. Si lograban mantenerlo hasta las siete, cuando transmitiesen el primer boletín de noticias, mucho habrían conseguido.

—Danos un pitillo —dijo a su mujer—. Un poco de humo disipará el olor a plumas quemadas.

—No quedan más que dos en el paquete —dijo ella—. Tenía que haberte comprado más.

—Bueno. Fumaré uno, y guardaré el otro para cuando haya escasez.

Era inútil tratar de hacer dormir a los niños. No era posible dormir mientras continuaran los golpes y los roces en las ventanas. Se sentó en el colchón, rodeando con un brazo a Jill y con el otro a su mujer, que tenía a Johnny en su regazo, cubiertos los cuatro con las mantas.

—No puedo por menos de admirar a estos bribones —dijo—; tienen constancia. Uno pensaría que ya debían haberse cansado del juego, pero no hay tal.

La admiración era difícil de mantenerse. El golpeteo continuaba incesante y un nuevo sonido, de algo que raspaba, hirió el oído de Nat, como si un pico más afilado que ninguno de los anteriores hubiese venido a ocupar el lugar de sus compañeros. Trató de recordar los nombres de los pájaros, trató de pensar qué especies en particular servirían para esta tarea. No era el rítmico golpear del pájaro carpintero. Habría sido rápido y suave. Éste era más serio, porque, si continuaba mucho tiempo, la madera acabaría astillándose igual que los cristales. Entonces, se acordó de los halcones. ¿Sería posible que los halcones hubiesen sustituido a las gaviotas? ¿Había ahora busardos en los alféizares de las ventanas, empleando las garras, además de los picos? Halcones, busardos, cernícalos, gavilanes..., había olvidado a las aves de presa. Se había olvidado de la fuerza de las aves de presa. Faltaban tres horas, y, mientras esperaban el momento en que oyeran astillarse la madera, las garras seguían rascando.

Nat miró a su alrededor, considerando qué muebles podía romper para fortificar la puerta. Las ventanas estaban seguras por el armario. Pero no tenía mucha confianza en la puerta. Subió la escalera, pero al llegar al descansillo se detuvo y escuchó. Se oía una sucesión de apagados golpecitos, producidos por el rozar de algo sobre el suelo del dormitorio de los niños. Los pájaros se habían abierto camino... Aplicó el oído contra la puerta. No había duda. Percibía el susurro de alas y los leves roces contra el suelo. El otro dormitorio estaba libre todavía. Entró en él y empezó a sacar los muebles; apilados en lo alto de la escalera protegerían la puerta del dormitorio de los niños. Era una precaución.

Quizá resultara innecesaria. No podía amontonar los muebles contra la puerta, porque ésta se abría hacia dentro. Lo único que cabía hacer era colocarlos en lo alto de la escalera.

—Baja, Nat, ¿qué estás haciendo? —gritó su mujer.

—Voy en seguida —respondió—. Estoy terminando de poner en orden las cosas aquí arriba.

No quería que subiese; no quería que ella oyera el ruido de las patas en el cuarto de los niños, el rozar de aquellas alas contra la puerta.

A las cinco y media, propuso que desayunaran, tocino y pan frito, aunque sólo fuera por atajar el incipiente pánico que comenzaba a reflejarse en los ojos de su mujer y calmar a los asustados niños. Ella no sabía que los pájaros habían penetrado ya en el piso de arriba. Afortunadamente, el dormitorio no caía encima de la cocina. De haber sido así, ella no podría por menos de haber oído el ruido que hacían allá arriba, pegando contra las tablas. Y el estúpido e insensato golpear de los pájaros suicidas que volaban dentro de la habitación, aplastándose la cabeza contra las paredes. Conocía bien a las gaviotas blancas. No tenían cerebro. Las negras eran diferentes, sabían lo que se hacían. Y también los busardos, los halcones...

Se encontró a sí mismo observando el reloj, mirando a las manecillas, que con tanta lentitud giraban alrededor de la esfera. Se daba cuenta de que, si su teoría no era correcta, si el ataque no cesaba con el cambio de la marea, terminarían siendo derrotados. No podrían continuar durante todo el largo día sin aire, sin descanso, sin más combustible, sin... Su pensamiento volaba. Sabía que necesitaban muchas cosas para resistir un asedio. No estaban bien preparados. No estaban prevenidos. Quizá, después de todo, estuviesen más seguros en las ciudades. Su primo vivía a poca distancia de allí en tren. Si lograba telefonearle desde la granja, podrían alquilar un coche. Eso sería más rápido: alquilar un coche entre dos pleamares.

La voz de su mujer, llamándole una y otra vez por su nombre, le ahuyentó el súbito y desesperado deseo de dormir.

—¿Qué hay? ¿Qué pasa ahora? —exclamó desabridamente.

—La radio —dijo su mujer. Había estado mirando el reloj—. Son casi las siete.

—No gires el mando —exclamó, impaciente por primera vez—; está puesta en la BBC. Hablarán desde ahí.

Esperaron. El reloj de la cocina dio las siete. No llegó ningun sonido. Ninguna campanada, nada de música. Esperaron hasta las siete y cuarto y cambiaron de emisora. El resultado fue el mismo. No había ningún boletín de noticias.

—Hemos entendido mal —dijo él—. No emitirán hasta las ocho.

Dejaron conectado el aparato, y Nat pensó en la batería, preguntándose cuánta carga le quedaría. Generalmente, la recargaban cuando su mujer iba de compras a la ciudad. Si fallaba la batería, no podrían escuchar las instrucciones.

—Está aclarando —susurró su mujer—. No lo veo, pero lo noto. Y los pájaros no golpean ya con tanta fuerza.

Tenía razón. Los golpes y los roces se iban debilitando por momentos.

Y también los empellones, el forcejeo para abrirse paso que se oía junto a la puerta, sobre los alféizares. Había empezado a bajar la marea. A las ocho, no se oía ya ningún ruido. Sólo el viento. Los niños, amodorrados por el silencio, se durmieron. A las ocho y media, Nat desconectó la radio.

¿Qué haces? Nos perderemos las noticias —dijo su mujer.

—No va a haber noticias —respondió Nat—. Tendremos que depender de nosotros mismos.

Se dirigió a la puerta y apartó lentamente los obstáculos que había colocado. Levantó los cerrojos y, pisando los cadáveres que yacían en el escalón de la entrada, aspiró el aire frío. Tenía seis horas por delante, y sabía que debía reservar sus fuerzas para las cosas necesarias, en manera alguna debía derrocharlas. Víveres, luz, combustible: ésas eran cosas necesarias. Si lograba obtenerlas en cantidad suficiente, podrían resistir otra noche más.

Dio un paso hacia delante, y entonces vio a los pájaros vivos. Las gaviotas se habían ido, como antes, al mar; allí buscaban su alimento y el empuje de la marea antes de volver al ataque. Los pájaros terrestres, no. Esperaban y vigilaban. Nat los veía sobre los setos, en el suelo, apiñados en los árboles, línea tras línea de pájaros, quietos, inmóviles.

Anduvo hasta el extremo de su pequeño huerto. Los pájaros no se movieron. Seguían vigilándolo.

«Tengo que conseguir víveres —se dijo Nat—. Tengo que ir a la granja a buscar víveres.»

Regresó a la casa. Examinó las puertas y las ventanas. Subió la escalera y entró en el cuarto de los niños. Estaba vacío, fuera de los pájaros muertos que yacían en el suelo. Los vivos estaban allí fuera, en el huerto, en los campos. Bajó a la cocina.

—Me voy a la granja —dijo.

Su mujer lo asió del brazo. Había visto a los pájaros a través de la puerta abierta.

—Llévanos —suplicó—; no podemos quedarnos aquí solos. Prefiero morir antes que quedarme sola.

Nat consideró la cuestión. Movió la cabeza.

—Vamos, pues —dijo—, trae cestas y el cochecito de Johnny. Podemos cargar de cosas el cochecito.

Se vistieron adecuadamente para hacer frente al cortante viento y se pusieron guantes y bufandas. Nat cogió a Jill de la mano, y su mujer puso a Johnny en el cochecito.

—Los pájaros —gimió Jill— están todos ahí fuera, en los campos.

—No nos harán daño —dijo él—; de día, no.

Echaron a andar hacia el portillo, cruzando el campo, y los pájaros no se movieron. Esperaban, vueltas hacia el viento sus cabezas.

Al llegar al recodo que daba a la granja, Nat se detuvo y dijo a su mujer que lo esperara con los niños al abrigo de la cerca.

—Pues yo quiero ver a la señora Trigg —protestó ella—. Hay montones de cosas que le podemos pedir prestadas, si fueron ayer al mercado; además de pan...

—Espera aquí —interrumpió Nat—. Vuelvo en seguida.

Las vacas estaban mugiendo, moviéndose inquietas por el corral, y Nat pudo ver el boquete de la valla por donde se habían abierto camino las ovejas, que ahora vagaban libres por el huerto, situado delante de la casa. No salía humo de las chimeneas. No sentía ningun deseo de que su mujer, o sus hijos, entraran en la granja.

—No vengas —exclamó, ásperamente, Nat—. Haz lo que te digo.

Su mujer retrocedió con el cochecito junto a la cerca, protegiéndose, y protegiendo a los niños, del viento.

Nat penetró solo en la granja. Se abrió paso por entre la grey de mugientes vacas que, molestas por sus repletas ubres, vagaban dando vueltas de un lado a otro. Observó que el coche estaba junto a la puerta, fuera del garaje. Las ventanas de la casa estaban destrozadas. Había muchas gaviotas muertas, tendidas en el patio y esparcidas alrededor de la casa. Los pájaros vivos se hallaban posados sobre los árboles del pequeño bosquecillo que se extendía detrás la granja y en el tejado de la casa. Permanecían completamente inmóviles. Lo vigilaban.

El cuerpo de Jim..., lo que quedaba de él, yacía tendido en el patio. Las vacas lo habían pisoteado, después de haber terminado los pájaros. Junto a él se hallaba su escopeta. La puerta de la casa estaba cerrada y atrancada, pero, como las ventanas estaban rotas, era fácil levantarlas y entrar por ellas. El cuerpo de Trigg estaba junto al teléfono. Debía de haber estado intentando comunicar con la central cuando los pájaros se lanzaron contra él. El receptor pendía suelto, y la caja había sido arrancada de la pared. Ni rastro de la señora Trigg. Estaría en el piso de arriba. ¿Para qué subir? Nat sabía lo que iba a encontrar.

«Gracias a Dios, no había niños», se dijo.

Hizo un esfuerzo para subir la escalera, pero, a mitad de camino, dio media vuelta y descendió de nuevo. Podía ver sus piernas, sobresaliendo por la abierta puerta del dormitorio. Detrás de ella, yacían los cadáveres de las gaviotas negras y un paraguas roto.

«Es inútil hacer nada —pensó Nat—. No dispongo más que de cinco horas, incluso menos. Los Trigg comprenderían. Tengo que cargar con todo lo que encuentre.» Regresó al lado de su mujer y los niños.

—Voy a llenar el coche de cosas —dijo—. Meteré carbón, y parafina para el infiernillo. Lo llevaremos a casa y volveremos para una nueva carga.

—¿Qué hay de los Trigg? —preguntó su mujer.

—Deben de haberse ido a casa de algunos amigos —respondió.

—¿Te ayudo?

—No; hay un barullo enorme ahí dentro. Las vacas y las ovejas andan sueltas por todas partes. Espera, sacaré el coche. Podéis sentaros en él.

Torpemente, hizo dar la vuelta al coche y lo situó en el camino. Su mujer y los niños no podían ver desde allí el cuerpo de Jim.

—Quédate aquí —dijo—, no te preocupes del coche del niño. Luego vendremos por él. Ahora voy a cargar el auto.

Los ojos de ella no se apartaban de los de Nat. Éste supuso que su mujer comprendía; de otro modo, no se habría ofrecido a ayudarle a encontrar el pan y los demás comestibles.

Hicieron en total tres viajes, entre su casa y la granja, antes de convencerse de que tenían todo lo que necesitaban. Era sorprendente, cuando se empezaba a pensar en ello, cuántas cosas eran necesarias. Casi lo más importante de todo era la tablazón para las ventanas. Nat tuvo que andar de un lado para otro buscando madera. Quería reponer las tablas de todas las ventanas de la casa. Velas, parafina, clavos, hojalata; la lista era interminable. Además, ordeñó a tres de las vacas. Las demás tendrían que seguir mugiendo, las pobres.

En el último viaje, condujo el coche hasta la parada del autobús, salió y se dirigió a la cabina telefónica. Esperó unos minutos haciendo sonar el aparato. Sin resultado. La línea estaba muerta. Se subió a una loma y miró en derredor, pero no se veía signo alguno de vida. A todo lo largo de los campos, nada; nada, salvo los pájaros, expectantes, en acecho. Algunos dormían; podía ver los picos arropados entre las plumas.

«Lo lógico sería que se estuviesen alimentando —pensó—, no ahí quietos, de esa manera.»

Entonces recordó. Estaban atiborrados de alimento. Habían comido hasta hartarse durante la noche. Por eso no se movían esta mañana...

No salía nada de humo de las chimeneas de las demás casas. Pensó en las niñas que habían corrido por los campos la noche anterior.

«Debí darme cuenta —pensó—. Tenía que haberlas llevado a casa conmigo.»

Levantó la vista hacia el cielo. Estaba descolorido y gris. Los desnudos árboles del paisaje parecían doblarse y ennegrecerse ante el viento del Este. El frío no afectaba a los pájaros, que seguían esperando allá en los campos.

—Ahora es cuando debían ir por ellos —dijo Nat—; su objetivo está claro. Deben de estar haciendo esto por todo el país. ¿Por que no despega ahora nuestra aviación y los rocía con gases venenosos? ¿Qué hacen nuestros muchachos? Tienen que saber, tienen que verlo por sí mismos.

Volvió al coche y se sentó ante el volante.

—Cruza de prisa la segunda puerta —cuchicheó su mujer—. El cartero está tendido allí. No quiero que Jill lo vea.

Aceleró. El pequeño «Morris» saltaba y rechinaba a lo largo del camino. Los niños gritaban contentos.

A la una menos cuarto llegaron a la casa. Faltaba solamente una hora.

—Prefiero hacer una comida fría —dijo Nat—. Calienta algo para ti y para los niños; un poco de sopa, por ejemplo. Yo no tengo tiempo de comer ahora. Tengo que descargar todas estas cosas.

Lo metió todo dentro de la casa. Tiempo habría de ordenarlo. Todos debían tener algo que hacer durante las largas horas que se avecinaban. Ante todo, debía echar un vistazo a las puertas y a las ventanas.

Dio la vuelta a la casa, comprobando metódicamente cada puerta, cada ventana. Subió también al tejado y cerró con tablas todas las chimeneas, excepto la de la cocina. El frío era tan intenso que apenas podía soportarlo, pero era un trabajo que tenía que hacerse. De vez en cuando levantaba la vista hacia el cielo, esperanzado, en busca de aviones. No venía ninguno. Mientras trabajaba, maldijo la ineficacia de las autoridades.

—Siempre igual —murmuró—, siempre nos abandonan. Estúpido, estúpido desde el principio.

Ningún plan, ninguna organización. Y los de aquí no tenemos importancia. Eso es lo que pasa. La gente de tierra adentro tiene prioridad. Seguro que allí ya están empleando gases y han lanzado a toda la aviación. Nosotros tenemos que esperar y aguantar lo que venga.

Hizo una pausa, terminado su trabajo en la chimenea del dormitorio, y miró al mar. Algo se estaba moviendo allá lejos. Algo gris y blanco entre las rompientes.

—Es la Armada —dijo—; ellos no nos abandonan. Vienen por el canal y están entrando en la bahía.

Aguardó forzando la vista, llorosos los ojos a causa del viento, mirando en dirección al mar. Se había equivocado. No eran barcos. No estaba allí la Armada. Las gaviotas se estaban levantando del mar. En los campos, las nutridas bandadas de pájaros ascendían en formación desde el suelo y, ala con ala, se remontaban hacia el cielo. Había llegado la pleamar.

Nat bajó por la escalera de mano que había utilizado y entró en la cocina. Su familia estaba comiendo. Eran poco más de las dos. Atrancó la puerta, levantó la barricada ante ella y encendió la lámpara.

—Es de noche —dijo el pequeño Johnny.

Su mujer había vuelto a conectar la radio, pero ningún sonido salía de ella.

—He dado toda la vuelta al dial —dijo—, emisoras extranjeras y todo. No he podido sintonizar nada.

—Quizá tengan ellos el mismo trastorno —dijo—, quizá esté ocurriendo lo mismo por toda Europa.

Ella sirvió en un plato sopa de los Trigg, cortó una rebanada grande de pan de los Trigg y la untó con mantequilla.

Comieron en silencio. Un poco de mantequilla se deslizó por la mejilla de Johnny y cayó sobre la mesa.

—Modales, Johnny —dijo Jill—, tienes que aprender a secarte los labios. Comenzó el repiqueteo en las ventanas, en la puerta. Los roces, los crujidos, el forcejeo para tomar posiciones en los alféizares. El primer golpe de un pájaro suicida contra la pared.

—¿No harán algo los americanos? —exclamó su mujer—. Siempre han sido nuestros aliados, ¿no? Seguramente harán algo.

Nat no respondió. Las tablas colocadas en las ventanas eran recias, y también las de las chimeneas. La casa estaba llena de provisiones, de combustible, de todo lo que necesitarían en varios días. Cuando terminara de comer, sacaría las cosas, las ordenaría, las iría colocando en sus sitios. Su mujer y los niños podrían ayudarlo. Era necesario tenerlos ocupados en algo. Acabarían rendidos a las nueve menos cuarto, cuando la marea estuviese baja otra vez; entonces, los haría acostarse en sus colchones y procuraría que durmiesen profundamente hasta las tres de la madrugada.

Tenía una nueva idea para las ventanas, que consistía en poner alambre de espino delante de las tablas. Se había traído un rollo grande de la granja. Lo malo era que tendría que trabajar a oscuras, durante la tregua entre las nueve y las tres. Era una lástima que no se le hubiese ocurrido antes. Lo principal era que hubiese tranquilidad mientras dormían su mujer y los niños.

Los pájaros pequeños estaban ya enzarzados con la ventana.

Reconoció el ligero repiqueteo de sus picos y el suave roce de sus alas. Los halcones no hacían caso de las ventanas. Ellos concentraban su ataque en la puerta. Nat escuchó el violento chasquido de la madera al astillarse y se preguntó cuántos millones de años de recuerdos estaban almacenados en aquellos pequeños cerebros, tras los hirientes picos y los taladrantes ojos, que ahora hacían nacer en ellos este instinto de destruir a la Humanidad con toda la certeza y demoledora precisión de unas máquinas implacables.

—Me fumaré ese último pitillo —dijo a su mujer—. Estúpido de mí, es lo único que he olvidado traer de la granja.

Lo encendió y conectó la silenciosa radio. Tiró al fuego el paquete vacío y se quedó mirando cómo ardía.

La sirena de la niebla

Ray Bradbury

Allá afuera, en el agua helada, lejos de la costa, esperábamos todas las noches la llegada de la niebla, y llegó, y aceitamos la maquinaria de bronce y encendimos el faro de niebla en lo alto de la torre. Sintiéndonos como dos pájaros en el cielo gris, McDunn y yo lanzábamos la luz que exploraba, roja, luego blanca, pero roja otra vez, en busca de los barcos solitarios. Y si ellos no veían nuestra luz, siempre estaba nuestra voz, el grito alto y profundo de la sirena que temblaba entre los jirones de niebla y sobresaltaba a las gaviotas, que se alejaban como mazos de barajas desparramadas, y hacía que las olas crecieran y espumaran.

—Es una vida solitaria, pero ya te has acostumbrado ¿no? —preguntó McDunn.

—Sí dije—. Gracias a Dios, usted es un buen conversador.

—Bueno, mañana te toca ir a tierra —dijo, sonriendo—, a bailar con las muchachas y tomar ginebra.

—McDunn, ¿en qué piensa cuando lo dejo solo aquí?

—En los misterios del mar.

McDunn encendió su pipa. Eran las siete y cuarto de una fría tarde de noviembre. La calefacción funcionaba, la luz movía su cola en doscientas direcciones y la sirena zumbaba en la alta garganta de la torre. No había ni un pueblo en ciento cincuenta kilómetros de costa; solamente un camino solitario que cruzaba los campos muertos y llegaba al mar llevando pocos autos, tres kilómetros de frías aguas hasta nuestra roca y unos pocos barcos.

—Los misterios del mar —dijo McDunn pensativo—. ¿Sabes que el océano es el más extraño copo de nieve que ha existido? Se mueve y se hincha con mil formas y colores y no hay dos parecidos. Es extraño. Una noche, hace años, estaba aquí, solo, cuando todos los peces del mar salieron a la superficie. Algo los hizo subir y quedarse flotando en la bahía, temblorosos, mirando fijamente a la luz del faro roja, blanca, roja, blanca, iluminándolos, de modo que pude ver sus extraños ojos. Me quedé frío. Eran como una enorme cola de pavo real, que se agitó allí hasta la medianoche. Luego, sin hacer el menor ruido, desaparecieron; un millón de peces desapareció. A veces pienso que —quizá— de alguna forma, habían recorrido todos esos kilómetros para orar. Es extraño. Pero piensa que la torre debe impresionarlos, alzaba veinte metros por encima del mar, y la luz-dios que sale del faro y la torre que se anuncia con su voz monstruosa. Esos peces nunca volvieron, pero, ¿no crees que por unos instantes creyeron estar en presencia de Dios?

Me estremecí. Miré hacia las largas y grises praderas del mar que se extendían hacia ninguna parte, hacia la nada.

—Oh, el mar está lleno —McDunn chupó su pipa nervioso, y parpadeó. Había estado nervioso todo el día, pero no había dicho por qué—. A pesar de todas nuestras máquinas y los llamados submarinos, pasarán diez mil siglos antes de que pisemos realmente el fondo de las tierras sumergidas, el reino de las hadas que hay allí y conozcamos el *verdadero* terror. Piénsalo: allí es todavía el año 300000 antes de Cristo. Mientras nosotros nos pavoneamos con trompetas, y nos arrancamos las cabezas y los países unos a otros, ellos han vivido a dieciocho kilómetros de profundidad bajo las aguas, en el frío, en un tiempo tan antiguo como la cola de un cometa.

—Sí. El mundo es muy viejo.

—Ven. Tengo algo especial que te he estado reservando.

Subimos los ochenta escalones, hablando y tomándonos nuestro tiempo. Arriba, McDunn apagó las luces del cuarto para que no hubiese reflejos en el cristal cilíndrico. El gran ojo de luz zumbaba y giraba suavemente sobre sus cojinetes aceitados. La sirena gritaba regularmente una vez cada quince segundos.

—Parece un animal, ¿no es cierto? —McDunn se aprobó a sí mismo—. Un enorme animal solitario que grita en la noche. Sentado aquí, al borde de diez millones de años, y llamando al abismo: Estoy aquí, estoy aquí, estoy aquí. Y el abismo responde, sí, lo hace. Ya llevas tres meses aquí, Johnny, de modo que es mejor que estés preparado. En esta época del año —dijo, mientras estudiaba la oscuridad y la niebla—, algo viene a visitar el faro.

—¿Los cardúmenes de peces de que me habló?

—No. Esto es otra cosa. No te lo había dicho porque hubieras pensado que estoy loco. Pero ya no puedo postergarlo, porque, si el año pasado marqué bien mi calendario, vendrá esta noche. No voy a entrar en detalles; ya lo verás tú mismo. Siéntate aquí. Mañana, si quieres, puedes hacer el equipaje y tomar la lancha y recoger el coche que tienes aparcado en el muelle y dirigirte a algún pueblecito situado tierra adentro y mantener la luz encendida durante la noche. No te preguntaré nada, ni te culparé. Ya ha sucedido en los últimos tres años, y ésta es la primera vez que hay alguien aquí para comprobarlo. Espera y vigila.

Pasó media hora en que sólo murmuramos unas pocas palabras. Cuando la espera empezó a fatigarnos, McDunn empezó a describirme algunas de sus ideas, Tenía teorías acerca de la sirena.

—Un día, hace muchos años, llegó un hombre y escuchó el sonido del mar en una costa fría y sin sol y dijo: «Necesitamos una voz que llame a través del mar, que advierta a los barcos. Yo haré una. Haré una voz que será como todo el tiempo y toda la niebla que han existido. Haré una voz que será como una cama vacía a tu lado durante toda la noche, y como una casa vacía cuando abres la puerta, y como los árboles deshojados del otoño. Un sonido como el de los pájaros cuando vuelan hacia el sur, gritando, y un sonido como el del viento de noviembre y el del mar en una costa dura y fría. Haré un sonido tan desolador que nadie podrá dejar de oírlo, que todos cuantos lo oigan llorarán, y que hará que los hogares parezcan más tibios y que la gente se alegre de estar dentro de casa en los pueblos distantes. Haré un sonido y un aparato y lo llamarán una sirena y quienquiera que lo oiga sabrá que la eternidad es triste y la vida es breve».

La sirena llamó.

—Inventé esa historia —dijo McDunn en voz baja— para explicar por qué esta cosa vuelve al faro todos los años. Creo que la sirena la llama y viene...

—Pero... —dije yo.

—Chist... —dijo McDunn—. ¡Allí!

Señaló al abismo.

Algo venía nadando hacia el faro.

Como ya dije, era una noche fría. La torre estaba fría, la luz iba y venía y la sirena llamaba y llamaba entre los hilos de niebla. Uno no podía ver muy lejos ni muy claro, pero allí estaba el mar profundo, viajando alrededor de la noche, plano y silencioso, del color del barro gris, y aquí estábamos nosotros dos, solos en la alta torre, y allá, lejos al comienzo, se elevó una onda, seguida por una ola, un alzamiento del agua, una burbuja, un poco de espuma. Y entonces de la superficie del frío mar surgió una cabeza, una enorme cabeza oscura, con ojos inmensos, y luego un cuello. Y luego, no un cuerpo, sino ¡más y más cuello! La cabeza se levantó sus buenos doce metros sobre la superficie, apoyada en un esbelto y hermoso cuello oscuro. Y sólo entonces, como una islita de coral negro y conchas y cangrejos, el cuerpo surgió de las profundidades. La cola era apenas un destello. En conjunto, calculé que el monstruo medía veinticinco o treinta metros de longitud desde la cabeza hasta la punta de la cola.

No sé qué dije. Dije algo.

—Calma muchacho, calma —susurró quedamente McDunn.

—Es imposible —dije.

—No, Johnny. *Nosotros* somos imposibles. *Eso* es lo que era hace diez millones de años. No ha cambiado. Somos *nosotros* y la tierra los que hemos cambiado, lo que se ha vuelto imposible. ¡*Nosotros*!

Nadaba lentamente, grande, oscuro, majestuoso en las aguas heladas, a lo lejos. La niebla iba y venía a su alrededor, y borraba su contorno. Uno de los ojos del monstruo recogió y reflejó y devolvió nuestra inmensa luz, roja, blanca, roja, blanca, como un disco elevado en el aire que enviase un mensaje en un código primitivo. Era tan silencioso como la niebla en la que se desplazaba.

—¡Es una especie de dinosaurio!

Me agaché, y me así de la barandilla de la escalera.

—Sí, uno de la tribu.

—Pero ¡se extinguieron!

—No. Se ocultaron en el abismo. En lo más profundo del más abismal abismo. Esa sí que es una palabra, Johnny, una *verdadera* palabra... dice mucho: el abismo. En una palabra así, están toda la frialdad y la oscuridad y la profundidad del mundo.

—¿Qué haremos?

—¿Hacer? Éste es nuestro trabajo, no podemos marcharnos. Además, estamos más seguros aquí que en cualquier embarcación que pudiera llevarnos a la costa. Eso es tan grande como un destructor y casi tan veloz.

—Pero, ¿por qué viene *aquí*?

En seguida tuve la respuesta.

La sirena llamó.

Y el monstruo respondió.

Un grito atravesó un millón de años de agua y niebla. Un grito tan angustioso y solitario que

tembló en mi cabeza y en mi cuerpo. El monstruo le
gritó a la torre. La sirena sonó. El monstruo abrió su
gran boca dentada, y el sonido que salió de allí era
el mismo sonido de la sirena. Solitario y vasto y lejano. El sonido de la desolación, de un mar ciego,
de una noche fría, del aislamiento. Así era el sonido.

—Ahora —susurró McDunn—, ¿comprendes por qué viene aquí?

Asentí.

—Durante todo el año, Johnny, ese pobre
monstruo yace a lo lejos, mil kilómetros mar adentro y a treinta kilómetros de profundidad, quizá,
soportando el paso del tiempo. Quizá esta criatura
tenga un millón de años. Piensa: esperar un millón
de años. ¿Podrías esperar tanto? Quizá es el último
de su especie. Debe de ser eso. En cualquier caso,
vienen unos hombres de la tierra y construyen este
faro, hace cinco años. E instalan la sirena, y la
hacen llamar y llamar y llamar hacia el lugar donde
tú estabas, enterrado en el sueño y el mar, en los recuerdos de un mundo donde había miles como tú.
Pero ahora estás solo, totalmente solo, en un mundo
que no está hecho para ti, un mundo donde tienes que
ocultarte. Pero el sonido de la sirena viene y se va,
viene y se va, viene y se va, y te estremeces en el
barroso fondo del abismo, y tus ojos se abren como
los lentes de una cámara de cincuenta centímetros,
y te mueves lenta, muy lentamente, porque tienes
todo el peso del océano en tus hombros y es pesado.
Pero la sirena llega, a través de miles de kilómetros
de agua, débil y familiar, y la caldera que hay en tu
vientre gana presión, y empiezas a subir despacio,
despacio. Te alimentas de bancos de bacalaos y aba-

dejos, de ríos de medusas, y te elevas lentamente durante el otoño, en septiembre, cuando comienzan las nieblas, en octubre, cuando hay más niebla aún y la sirena sigue llamándote, y luego, a fines de noviembre, después de adaptarte al cambio de presión, día tras día, ganando unos pocos metros cada hora, estás cerca de la superficie y aún estás vivo. Tienes que ir despacio. Si te apresuras, estallas. De modo que necesitas tres meses para llegar a la superficie, y luego unos cuantos días para nadar por las frías aguas hasta el faro. Y allí estás, allá fuera, en la noche, Johnny. Eres el más grande de los monstruos de la creación. Y aquí está el faro, llamándote, con un cuello largo como el tuyo saliendo del mar y un cuerpo como tu cuerpo y —eso es lo más importante— una voz como la tuya. ¿Comprendes ahora, Johnny? ¿Comprendes?

La sirena llamó.

El monstruo respondió.

Lo vi todo. Lo supe todo. El millón de solitarios años aguardando la vuelta de alguien que no volvió nunca. El millón de años de aislamiento en el fondo del mar, la locura que era el tiempo allí, mientras los cielos se limpiaban de pájaros-reptiles, las marismas se saneaban en los continentes, los perezosos y los tigres dientes de sable eran tragados por pozos de alquitrán y los hombres corrían como hormigas blancas por las colinas.

La sirena llamó.

—El año pasado —dijo McDunn—, nadó y nadó y nadó en círculos alrededor del faro toda la noche. No se acercó mucho. Quizá estaba desconcertado. Quizá tenía miedo. Y estaba un poco enfadado, después de un viaje tan largo. Pero al día siguiente la niebla se levantó inesperadamente, ... el sol y el cielo estaba azul como en un cuadro. Y monstruo se alejó del calor y el silencio y no volvió. Supongo que ha estado pensando en eso todo el año, pensándolo desde todos los puntos de vista posibles.

El monstruo estaba a cien metros ahora. Él y la sirena intercambiaban gritos. Cuando la luz caía sobre ellos, los ojos del monstruo eran fuego y hielo, fuego y hielo.

—Así es la vida —dijo McDunn—. Siempre hay alguien aguardando a alguien que nunca vuelve. Siempre hay alguien que quiere a algo que no le quiere. Y después de un tiempo quieres destruir a ese otro, sea quien sea, para que no pueda herirte más.

El monstruo se acercaba velozmente al faro.

La sirena llamó.

—Veamos qué ocurre —dijo McDunn.

Apagó la sirena.

En el minuto siguiente el silencio fue tan intenso que podíamos oír los latidos de nuestros corazones contra los cristales de la torre, podíamos oír el lento movimiento aceitado de la luz.

El monstruo se detuvo y quedó inmóvil. Sus grandes ojos de linterna parpadearon. Su boca se abrió. Emitió una especie de ruido sordo, como el de un volcán. Torció la cabeza hacia uno y otro lado, como si estuviera buscando los sonidos que se habían perdido en la niebla. Escudriñó el faro. Emitió nuevamente el ruido sordo. Luego sus ojos se inflamaron. Se incorporó, azotando el agua, y se precipitó sobre la torre, sus ojos llenos de furia y dolor.

—McDunn —grité—. ¡Conecte la sirena!

McDunn buscó a tientas la llave. Pero antes de que pudiera conectarla, el monstruo se había erguido. Vislumbré sus garras gigantescas con una brillante piel correosa entre los dedos, agarrando la torre. El enorme ojo que estaba a la derecha de su angustiada cabeza brilló ante mí como un caldero en el que podría haber caído, gritando. La torre se sacudió. La sirena gritó; el monstruo gritó. Abrazó el faro y arañó los vidrios, que cayeron, hechos trizas, sobre nosotros.

McDunn me agarró del brazo.

—¡Abajo! —gritó.

La torre se balanceaba, se tambaleaba y empezó a ceder. La sirena y el monstruo rugían. Trastabillamos y casi caímos por la escalera.

—¡Aprisa!

Llegamos abajo cuando la torre ya se doblaba encima de nosotros. Nos metimos, pasando por debajo de la escalera, en el pequeño sótano de piedra. Hubo un millar de golpes, mientras llovian piedras. La sirena se detuvo abruptamente. El monstruo se estrelló contra la torre. La torre cayó. McDunn y yo, arrodillados, nos abrazamos con fuerza mientras nuestro mundo estallaba.

Luego acabó todo, y no quedó más que la oscuridad y el ruido del mar golpeando las rocas desnudas.

Eso y el otro sonido.

—Escucha —dijo McDunn en voz baja—. Escucha.

Aguardamos un momento. Y luego comencé a oírlo. Al principio fue como una gran succión de aire, y luego el lamento, el asombro, la soledad del gran monstruo, doblado encima nuestro, apoyado en nosotros de modo que el repugnante hedor de su cuerpo llenaba el aire a sólo diez centímetros de distancia de nuestro sótano. El monstruo jadeaba y gritaba. La torre había desaparecido. La luz había desaparecido. La cosa que lo había llamado a través de un millón de años había desaparecido. Y el monstruo abría su boca y emitía grandes sonidos. Los sonidos de una sirena, una y otra vez. Y los barcos en alta mar que no encontraban la luz, que no veían nada, pero que oían deben de haber pensado: «Allí está. El sonido solitario, la sirena de la bahía de la Soledad. Todo va bien. Hemos doblado el cabo».

Y todo siguió así durante el resto de la noche.

El sol estaba tibio y amarillo la tarde siguiente, cuando la patrulla de rescate nos desenterró del sótano cubierto de rocas.

—Se derrumbó, eso es todo —dijo el señor McDunn gravemente—. Las olas nos golpearon con mucha fuerza y se derrumbó.

Me dio un pellizco en el brazo.

No había nada que ver. El océano estaba en calma, el cielo, azul. Lo único era el fuerte olor a algas que soltaba la materia verde que cubría las piedras de la torre caída y las rocas de la costa. Las moscas zumbaban. El océano vacío lamía la costa.

El año siguiente construyeron un nuevo faro, pero en aquel entonces yo tenía un trabajo en el pueblecito y una esposa y una casita cálida que emitía un resplandor amarillo en las noches de otoño, con las puertas cerradas y la chimenea humeando. En cuanto a McDunn, era el amo del nuevo faro, que había sido construido, de acuerdo con sus instrucciones, con cemento armado. «Por las dudas», dijo.

El nuevo faro estuvo listo en noviembre. Una noche fui solo en el auto y lo aparqué en la costa y miré las aguas grises y oí la nueva sirena sonando una, dos, tres, cuatro veces por minuto, sola, a lo lejos.

¿El monstruo?

Nunca volvió.

—Se ha marchado —dijo McDunn—. Volvió al abismo. Aprendió que en este mundo no se puede amar demasiado. Se ha ido al abismo de los abismos, a esperar otro millón de años. Ah, ¡pobre criatura! Esperando allá, esperando y esperando, mientras el hombre va y viene por este patético planeta. Esperando y esperando.

Me quedé sentado en el auto, escuchando. No podía ver el faro ni la luz que se levantaba en la bahía de la Soledad. Sólo oía la sirena, la sirena, la sirena. Parecía el monstruo, llamando.

Me quedé allí, deseando poder decir algo.

La mosca

George Langelaan

*A Jean Rostand, que un día
me habló largamente de mutaciones.*

Siempre me han dado horror los timbres. Incluso durante el día, cuando trabajo en mi despacho, contesto al teléfono con cierto malestar. Pero por la noche, especialmente cuando me sorprende en pleno sueño, el timbre del teléfono desencadena en mí un verdadero pánico animal, que debo dominar antes de coordinar lo suficiente mis movimientos para encender la luz, levantarme e ir a descolgar el aparato. Y aun entonces, necesito hacer un verdadero esfuerzo para anunciar con voz tranquila: «Arthur Browning al habla». Con todo, no recupero mi estado normal hasta que reconozco la voz que se dirige a mí desde el otro extremo del hilo y no me siento absolutamente tranquilizado hasta que sé por fin de qué se trata.

En aquella ocasión, sin embargo, pregunté con mucha calma a mi cuñada cómo y por qué había matado a mi hermano, cuando me despertó a las dos de la mañana para anunciarme el atroz asesinato y para pedirme por favor que avisara a la policía.

—No puedo explicártelo por teléfono, Arthur. Llama a la comisaría y ven después.

—¿No sería mejor que te viera antes?

—No. Es preferible prevenir a la policía sin perder un minuto. De no hacerlo así, van a imaginarse demasiadas cosas y a hacer demasiadas preguntas... Les va a costar bastante trabajo creer que lo he hecho yo sola. En realidad, convendría decirles que el cuerpo de Bob está en la fábrica. Tal vez quieran pasarse por allí antes de venir a buscarme.

—¿Dices que Bob está en la fábrica?

—Sí, debajo del martillo-pilón.

—¿Del martillo-pilón?

—Sí, pero no preguntes tanto. Ven, ven de prisa, antes de que mis nervios se nieguen a sostenerme. Tengo miedo, Arthur. ¡Compréndelo, tengo miedo!

Y, cuando colgó, también yo tenía miedo. Hasta aquel momento había escuchado y respondido como si se tratara de un simple asunto de negocios, y sólo entonces empecé a comprender el verdadero significado de las palabras de mi cuñada.

Estupefacto, tiré el cigarrillo que había debido de encender mientras hablaba con ella y marqué, dando diente con diente, el número de la policía.

¿Han intentado alguna vez explicar a un soñoliento sargento de guardia que acaban de recibir una llamada telefónica de su cuñada para anunciarles el asesinato de su hermano a golpes de martillo-pilón?

—Sí, señor, le comprendo muy bien. ¿Pero quién es usted? ¿Su nombre? ¿Su dirección?

En aquel momento, al otro lado del hilo, el inspector Twinker se hizo cargo del aparato y de la dirección de las operaciones. Él, por lo menos, pareció comprenderlo todo y me rogó que le esperara para que fuéramos juntos a casa de mi hermano.

Tuve el tiempo justo de ponerme un pantalón y un jersey, y de agarrar al pasar una vieja chaqueta y una gorra, antes de que un coche de la policía se detuviera frente a mi puerta.

—¿Tiene usted un vigilante nocturno en la fábrica, míster Browning? —preguntó el inspector mientras arrancaba—. ¿No le ha telefoneado?

—Sí... No. Efectivamente, es curioso. Aunque mi hermano ha podido pasar a la fábrica desde el laboratorio, donde generalmente se queda hasta muy tarde, a veces durante toda la noche.

—¿Entonces Sir Robert Browning no trabaja con usted?

—No. Mi hermano realiza investigaciones por cuenta del Ministerio del Aire. Como necesitaba tranquilidad y un laboratorio cercano a un lugar donde pudiera encontrar en cualquier momento toda clase de piezas, pequeñas y grandes, se instaló hace algún tiempo en la primera casa que hizo construir nuestra abuelo, sobre la colina, cerca de la fábrica. Yo le cedí uno de los talleres antiguos, que ya no utilizamos, y mis obreros, trabajando bajo sus órdenes, lo transformaron en laboratorio.

—¿Sabe usted con exactitud en qué consisten las investigaciones de Sir Robert?

—Casi nunca habla de sus trabajos, que son secretos. Pero supongo que el Ministerio del Aire está al corriente. Yo sólo sé que se encontraba a punto de terminar una experiencia en la que llevaba varios años trabajando y por la que demostraba un gran interés. Algo relativo a desintegración y reintegración de la materia.

Frenando a duras penas, el inspector viró en el patio de la fábrica y detuvo el coche al lado de un agente uniformado, que parecía esperarlo.

Por mi parte, no necesitaba escuchar la confirmación de labios del policía. Era como si supiera, desde mucho tiempo atrás, que mi hermano estaba muerto. Al bajar del coche, me temblaban las piernas como a un convaleciente en su primera salida.

Otro policía, salido de la sombra, vino a nuestro encuentro y nos condujo hasta un taller brillantemente iluminado. Alrededor del martillo-pilón montaban guardia varios agentes, mientras tres individuos vestidos de paisano se dedicaban a la instalación de pequeños proyectores. Vi la cámara fotográfica dirigida hacia el suelo y tuve que hacer un violento esfuerzo para apartar los ojos de él.

Sin embargo, era menos espantoso de lo que había pensado. Mi hermano parecía dormir boca abajo, con el cuerpo ligeramente atravesado sobre los raíles que servían para la conducción de piezas hasta el martillo. Como si su cabeza y su brazo estuviesen hundidos en la masa metálica del instrumento. Casi resultaba increíble que hubieran sido aplastados por él.

Después de cambiar unas palabras con sus colegas, el inspector Twinker regresó junto a mí.

—¿Cómo puede levantarse el martillo, mister Browning?

—Yo mismo haré la maniobra.

—¿Quiere que vayamos a buscar a uno de sus obreros?

—No, no hace falta. Mire, el cuadro de mandos está ahí. Fíjese, inspector. El martillo ha sido regulado para desarrollar una potencia de cincuenta toneladas y su índice de descenso es de cero.

—¿De cero?

—Sí. O a ras del suelo, hablando más claro. Por otra parte, se le ha puesto en funcionamiento intermitentemente. Lo cual quiere decir que es preciso volverlo a subir después de cada golpe. No sé aún la versión de Lady Anne, pero estoy seguro de que ella no habría sabido regular con tanta precisión la caída del martillo.

—Tal vez se quedó así ayer por la tarde.

—Imposible. En la práctica, jamás se utiliza el descenso a cero.

—¿Puede alzarse suavemente?

—No. No existe ningún mando para regular la velocidad de subida. Tal como está, sin embargo, es más lenta que cuando actúa de modo continuado.

—Bueno. Hágame ver lo que es preciso ver. Sin duda, no resultará un espectáculo agradable. —No, inspector. Allá va.

—¿Todos dispuestos? —preguntó Twinker a los demás.

—Cuando quiera, míster Browning.

Con los ojos clavados en la espalda de mi hermano, apreté a fondo el voluminoso botón negro que ponía en marcha el mecanismo de subida del martillo.

Al prolongado silbido, que siempre me hacía pensar en un gigante jadeando después de un esfuerzo, siguió la ascensión ligera y elástica de la masa de acero. Pude oír, sin embargo, la succión del desprendimiento y reprimí un movimiento de pánico al ver cómo el cuerpo de mi hermano se movía hacia delante, mientras un borbotón de sangre inundaba el amasijo oscuro descubierto por la ascensión del martillo.

—¿Hay algún peligro de que vuelva a caer, míster Browning?

—Ninguno —dije echando el cerrojo de seguridad.

Y, volviéndome de espaldas, vomité toda la cena a los pies de un joven policía que acababa de hacer lo mismo.

Durante varias semanas y después, en sus ratos perdidos, durante varios meses, el inspector Twinker se entregó en cuerpo y alma al esclarecimiento de la muerte de mi hermano. Más tarde me confesó que yo era uno de sus principales sospechosos, aunque jamás pudo encontrar la menor prueba, motivo o detalle revelador.

Anne, a pesar de su increíble tranquilidad, fue declarada loca y no hubo proceso.

Mi cuñada se confesó única culpable del asesinato de su marido y demostró que conocía perfectamente el funcionamiento del martillo-pilón. Se negó, sin embargo, a explicar la causa de este asesinato y la razón de que mi hermano viniera a colocarse, por su propia voluntad, bajo el martillo.

El vigilante nocturno oyó funcionar el aparato; lo oyó, para ser exacto, dos veces. Y el contador, que siempre se ponía a cero después de cada operación, indicaba que el martillo había llevado a cabo dos golpes. A pesar de todo, mi cuñada se obstino en afirmar que sólo se había servido de él una vez.

El inspector Twinker empezó dudando de que la víctima fuera realmente mi hermano, pero varias cicatrices, una herida de guerra en el muslo y las huellas digitales de su mano izquierda terminaron por disipar todas sus dudas.

Finalmente, la autopsia reveló que no había ingerido ninguna droga antes de su muerte.

En cuanto a su trabajo, los expertos del Ministerio del Aire vinieron a hojear sus papeles y se llevaron varios instrumentos del laboratorio. Todos ellos celebraron largos conciliábulos con el inspector Twinker y le convencieron de que mi hermano había destruido sus documentos y aparatos más interesantes.

Los técnicos del laboratorio de la policía, por su parte, declararon que Bob había tenido la cabeza envuelta en algo hasta el momento de su muerte y Twinker me enseñó cierto día un andrajo desgarrado, que yo reconocí inmediatamente como el paño de una mesa del laboratorio.

Anne fue trasladada al instituto de Broadmoore, donde se encierra a todos los locos criminales. Las autoridades me confiaron a su hijo Harry, que contaba seis años de edad, y se decidió que su educación y mantenimiento corriera a mi cargo.

Yo podía visitar a Anne todos los días. En dos o tres ocasiones, el inspector Twinker me acompañó y pude comprobar que se había visto con ella otras veces. Pero jamás consiguió sacarle una palabra del cuerpo. Mi cuñada se había convertido, aparentemente, en un ser al que todo le era indiferente. Rara vez respondía a mis preguntas y casi nunca a las de Twinker. Empleaba parte de su tiempo en la costura, pero su entretenimiento favorito parecía ser la caza de moscas, que examinaba cuidadosamente antes de dejarlas en libertad.

Sólo tuvo una crisis —una crisis de nervios, mejor que una crisis de locura—, el día en que vio cómo una enfermera mataba uno de estos animales. Para tranquilizarla, hubo que recurrir a la morfina.

En varias ocasiones le llevamos a su hijo. Anne lo trató con amabilidad, pero sin demostrar el menor afecto hacia él. Le interesaba como podía interesarle cualquier niño desconocido.

El día en que tuvo la crisis por culpa de la mosca muerta, el inspector Twinker vino a verme.

—Estoy convencido de que ahí reside la clave del misterio.

—Yo no veo la menor relación. Creo que mi pobre cuñada lo mismo hubiera podido adquirir otra manía. Las moscas son una simple fijación de su locura.

—¿Cree que está verdaderamente loca?

—¿Cómo puedo dudar de ello, Twinker?

—A pesar de todo lo que dicen los médicos, tengo la impresión, muy clara, de que Lady Browning es absolutamente dueña de sus facultades mentales, incluso cuando ve una mosca.

—De admitir esa hipótesis, ¿cómo explica usted su actitud con relación a Harry?

—De dos formas: o pretende protegerlo o lo teme. Tal vez, incluso, lo deteste.

—No le comprendo.

—¿Se ha fijado en que jamás caza moscas cuando él está delante?

—Es cierto... Resulta bastante curioso. Pero confieso que sigo sin comprender nada.

—Yo tampoco, míster Browning. Y seguramente seguiremos igual hasta que Lady Browning se *cure*.

—Los médicos no tienen la más mínima esperanza...

—Estoy al corriente de eso. ¿Sabe si su hermano hizo alguna vez experimentos con moscas?

—No lo creo. ¿Se lo ha preguntado a los expertos del Ministerio del Aire?

—Sí. Y se han reído en mis barbas.

—Lo comprendo.

—Tiene usted suerte, míster Browning. Yo, en cambio, no comprendo nada, pero espero comprender algún día.

—Dime, tío Arthur, ¿viven mucho tiempo las moscas?

Estábamos desayunando y mi sobrino, con sus palabras, acababa de romper un prolongado silencio. Le miré por encima del *Times,* que había apoyado en la tetera. Harry, como la mayor parte de los niños de su edad, tenía la costumbre, o más bien el talento, de plantear cuestiones que los adultos no suelen hallarse en condiciones de responder con precisión. Harry me preguntaba a menudo, siempre de forma inesperada, y cuando tenía la mala suerte de poder aclararle alguna duda, ésta era inmediatamente seguida de otra, después de otra y así sucesivamente, hasta que yo me confesaba vencido, reconociendo que no lo sabía. Entonces, como un campeón de tenis que lanzara su pelota definitiva, la que lo convertía en ganador de juego y de partida, decía:

«¿Por qué no lo sabes, tío?»

Era, sin embargo, la primera vez que me hablaba de moscas, y me estremecí ante la idea de que el inspector Twinker pudiera haberlo oído. Imaginaba perfectamente la mirada con que el infatigable sabueso me obsequiaría y la pregunta que, a renglón seguido, dirigiría a mi sobrino. E intuía, al mismo tiempo, cuál habría sido —de hallarse en mi caso— su respuesta. Respuesta que, textualmente y no sin cierto malestar, tuve que repetir en voz alta.

—No lo sé, Harry. ¿Por qué me haces esa pregunta?

—Porque he vuelto a ver la mosca que mamá busca.

—¿Mamá busca una mosca?

—Sí. Ha crecido mucho, pero a pesar de todo la he reconocido.

—¿Dónde has vuelto a verla y qué tiene de particular?

—Sobre tu despacho, tío Arthur. Su cabeza es blanca en lugar de negra y su pata muy graciosa.

—¿Cuándo viste esa mosca por primera vez, Harry?

—El día que se fue papá. Estaba en su cuarto y la cacé, pero mamá llegó en ese momento y me obligó a dejarla en libertad. Unas horas después, me pidió que la encontrara. Creo que había cambiado de idea y que quería verla.

—En mi opinión debe de estar muerta hace mucho tiempo —dije levantándome y yendo sin prisa hacia la puerta.

Pero en cuanto la cerré, di un salto hasta mi despacho y busqué en vano alguna huella de moscas.

Las confesiones de mi sobrino y la seguridad del inspector Twinker sobre la relación existente entre las moscas y la muerte de mi hermano me turbaron hasta el desconcierto.

Por primera vez, admití que el inspector tal vez supiera más de lo que daba a entender. Y, también por primera vez, me pregunté si mi cuñada estaba verdaderamente loca. Un sentimiento extraño, incluso terrible, empezó a crecer en mí y, cuanto más reflexionaba sobre ello, más me convencía de la cordura de Anne. Un drama originado por la locura podía ser inexplicable y horroroso, pero su horror, por grande que fuera, resultaba, a fin de cuentas, *admisible.* Sin embargo, la idea de que mi cuñada hubiera sido capaz de asesinar tan atrozmente a mi hermano en plena posesion de sus facultades mentales, con o sin su consentimiento, me daba escalofríos. ¿Cuál podía ser la explicación de un crimen tan monstruoso? ¿Cómo se había llevado a cabo?

Pasé una y otra vez revista a todas las respuestas de Anne al inspector Twinker. Éste le había hecho centenares de preguntas. Y mi cuñada contestó con perfecta lucidez a las cuestiones relativas a su vida con mi hermano. Una vida, al parecer, feliz y sin historia.

Twinker, además de ser un psicólogo muy fino, tenía una gran experiencia y estaba acostumbrado a sentir, a adivinar —por decirlo de alguna forma— el engaño. También él estaba convencido de que Anne había contestado honestamente a las preguntas que se había dignado contestar. Pero estaban las otras, aquellas ante las que siempre reaccionó de idéntica manera, repitiendo hasta la saciedad las mismas palabras.

—No puedo aclararle esa cuestión —decía lisa y llanamente, sin perder nunca la calma.

Ni siquiera la acumulación de preguntas de este tipo parecía molestarle. Una sola vez, en el curso de los numerosos interrogatorios, le hizo notar al inspector que ya le había preguntado anteriormente lo mismo. En las restantes ocasiones, siempre contestó de igual forma: «No puedo aclararle esa cuestión».

Su estribillo se convirtió en un muro formidable, contra el cual se estrelló una y otra vez la tenacidad de Twinker. Cuando el inspector cambiaba el rumbo de sus interrogatorios y se interesaba por temas que no guardaban relación directa con el drama, Anne respondía con lucidez y amabilidad. Pero en cuanto la conversación se orientaba, por algún resquicio, hacia el asesinato de Bob, mi cuñada se escondía nuevamente tras la muralla del «no puedo aclararle esta cuestión».

Deseosa de que no recayeran sospechas sobre ninguna otra persona, Anne demostró prácticamente cómo había manejado el martillo-pilón. Nos hizo ver, sin lugar a dudas, que conocía su funcionamiento y la forma de regular la fuerza y la altura del golpe, y como el inspector adujera que todo aquello no probaba su intervención en el asesinato de Bob, nos enseñó el lugar donde se había apoyado con la mano izquierda, contra un montante del cuadro de mandos, mientras manipulaba los botones con la mano derecha.

—Sus técnicos encontrarán aquí mis huellas digitales —añadió con sencillez.

Y sus huellas, efectivamente, fueron encontradas.

Twinker sólo pudo descubrir una mentira en sus declaraciones. Anne afirmaba haber maniobrado el martillo una sola vez, mientras el vigilante nocturno juraba y perjuraba haberlo oído dos. El contador, que siempre se ponía a cero al terminar cada jornada, le daba la razón.

Durante algún tiempo, Twinker confió en forzar el mutismo de mi cuñada gracias a este terror. Pero un buen día, Anne, con la mayor tranquilidad del mundo, echó por tierra sus esperanzas, declarando:

—Sí, he mentido, pero no puedo explicarle los motivos de mi mentira.

—¿Sólo me ha engañado en eso? —preguntó inmediatamente Twinker, con el propósito de desconcertarla y de adquirir así alguna ventaja sobre ella.

Con gran sorpresa por su parte —pues esperaba el estribillo habitual—, Anne respondió:

—Sí. Ha sido mi único engaño.

Y Twinker comprendió que Anne había reparado con creces la única fisura de su muro defensivo.

A la luz de las revelaciones de Harry, creció en mí un progresivo sentimiento de horror hacia mi cuñada, porque, si no estaba loca, simulaba estarlo para escapar a un castigo que merecía cien veces. En ese caso Twinker tenía razón y la llave del drama residía en las moscas, a no ser que la obsesión de Anne formara parte de su engaño. Y si, por el contrario, no estaba en sus cabales, entonces Twinker seguía teniendo razón, porque tal vez a través de las moscas pudiera un psiquiatra descubrir la causa del asesinato.

Diciéndome que Twinker, seguramente, sabría resolver aquel rompecabezas mejor que yo, estuve a punto de ir a contárselo todo. Pero el pensamiento de que atosigaría a Harry con mil preguntas, me retuvo. Existía también otra razón para no acudir a él: me daba miedo que buscara y encon-

trara la mosca mencionada por mi sobrino. Y ese miedo era, por incomprensible, profundamente turbador.

Pasé revista a todas las novelas policíacas
que había leído en mi vida. Este género literario no
carece de lógica, incluso cuando presenta casos
muy complicados. En la historia de las moscas, por
el contrario, no había nada lógico, nada que pudiese
encajar. Todo era sorprendentemente sencillo y, al
mismo tiempo, misterioso. No existía culpable alguno que desenmascarar: Anne había asesinado a
su marido, se había declarado autora del hecho e incluso había reconstruido la escena.

Desde luego, no podía esperarse lógica en un
drama provocado por la locura, pero aun admitien-
do que fuera así, ¿cómo explicar la extraña pasivi-
dad de la víctima?

Mi hermano era el típico sabio partidario de
la *prueba del nueve*. Sentía horror por la intuición y
por los golpes de genio. Algunos científicos elabo-
ran teorías que después se esfuerzan en apoyar con
hechos; trabajan a saltos en lo desconocido y no tienen inconveniente en abandonar una posición avan-
zada si las experiencias acumuladas a continuación
no bastan para consolidar sus suposiciones. Mi hermano pertenecía, al contrario y —cabe decir— por
excelencia, al tipo del investigador receloso, que se
guarda siempre las espaldas con un sólido punto de
apoyo, probado y archiprobado. Rara vez se traía
entre manos más de un experimento y no participa-
ba de ninguna de las características del sabio distraí-
do, que se deja calar por la lluvia con un paraguas
cerrado en la mano. Era, en cambio, profundamente
humano. Adoraba a los niños y a los animales, y
jamás titubeaba en dejar su trabajo para ir al circo

con los hijos de su vecino. Le gustaban los juegos de lógica y precisión, como el billar, el tenis, el *bridge* y el ajedrez.

¿Cómo, entonces, explicar su muerte? ¿Por qué se había colocado debajo del martillo-pilón? En modo alguno podía tratarse de una estúpida jactancia, de un desafío a su propio valor. Jamás se jactaba de nada y no soportaba a las personas aficionadas a apostar. Para vejarlas, siempre decía que una apuesta es un simple negocio concluido entre un imbécil y un ladrón.

Sólo existían dos explicaciones posibles: o se había vuelto loco o tenía una razón para hacerse matar por su mujer de tan extraña manera.

Tras largas reflexiones, decidí no poner al inspector Twinker al corriente de mi conversación con Harry e intentar una nueva gestión personal con mi cuñada. Era sábado, día de visita, y como Anne pasaba por ser una enferma muy tranquila, me permitían llevarla a dar una vuelta al gran jardín, donde le habían concedido una pequeña parcela para que la cultivara a su antojo. Anne había trasplantado allí varios rosales de mi jardín.

Sin duda esperaba mi visita, porque llegó al locutorio en seguida. Empezaba a hacer frío y, en previsión de nuestro paseo habitual, se había puesto el abrigo.

Me pidió noticias de su hijo y después me condujo hasta la parcela, donde me hizo sentarme a su lado sobre un banco rústico, fabricado en la carpintería del asilo por un enfermo aficionado a las actividades manuales.

Yo trazaba vagos dibujos en la arena con la puntera de mi paraguas, buscando la forma de llevar la conversación al tema de la muerte de mi hermano. Pero fue ella quien primero se refirió al asunto.

—Arthur, quería preguntarte una cosa...

—Te escucho, Anne.

—¿Sabes si las moscas viven mucho tiempo?

La miré estupefacto y estuve a punto de confesarle que su hijo me había preguntado lo mismo unas horas antes, pero repentinamente comprendí que por fin se me brindaba la posibilidad de asestar un duro golpe a sus defensas, conscientes o subconscientes. Anne, entretanto, parecía esperar con tranquilidad la respuesta, creyendo sin duda que me esforzaba en resucitar mis recuerdos de escuela sobre la duración de la vida de las moscas.

Sin apartar los ojos de ella, repuse:

—No lo sé con precisión, pero tu mosca estaba hoy por la mañana en mi despacho.

El golpe había alcanzado su objetivo. Anne volvió bruscamente la cabeza hacia mí y abrió la boca como si fuera a gritar, pero sólo en sus inmensos ojos se dibujó un auténtico alarido de terror.

Yo conseguí mantener la impasibilidad. Me daba cuenta de que por fin había adquirido alguna ventaja sobre ella y que sólo podría conservarla adoptando la actitud de un hombre al tanto de todo, que no experimenta rencor o piedad y que ni siquiera se permite emitir un juicio sobre los hechos.

Ella, finalmente, respiró y se tapó la cara con las manos.

—Arthur... ¿la has matado? —murmuró suavemente.

—No.

—¡Pero la tienes! —gritó alzando la cabeza—. ¡La tienes ahí! ¡Dámela!

Un poco más y se hubiera atrevido a registrarme los bolsillos.

—No, Anne, no la tengo aquí.

—¡Lo sabes todo! ¿Cómo has podido adivinarlo?

—No, Anne, no sé nada, excepto que tú no estás loca. Pero voy a averiguar la verdad de una u otra manera. O me lo dices todo, y entonces decidiré sobre el mejor modo de resolver este asunto, o...

—¿O qué? ¡Habla de una vez!

—Iba a hacerlo, Anne... O te juro que el inspector Twinker tendrá esa mosca antes de veinticuatro horas.

Mi cuñada permaneció inmóvil un momento, con los ojos clavados en las palmas de sus blancas y afiladas manos. Después, sin alzar la mirada, dijo:

—Si te lo digo todo, ¿me prometes que destruirás esa mosca antes de tomar ninguna otra decisión?

—No, Anne. No puedo prometértelo antes de saber el verdadero significado de esta historia.

—Arthur, compréndelo... Le prometí a Bob que esa mosca sería destruida... Tengo que mantener mi promesa... De otra forma, no te diré nada.

Comprendí que me estaba metiendo en un callejón sin salida; Anne se recuperaba. Era absolutamente necesario encontrar un nuevo argumento, un argumento que la empujara hasta sus últimos baluartes y que la hiciera capitular.

A la desesperada, confiando en un golpe de suerte, dije:

—Anne, debes darte cuenta de que cuando esa mosca sea examinada en los laboratorios de la policía, el inspector Twinker tendrá la prueba de que no estás loca y...

—¡Arthur, no! No lo hagas, por Harry, no lo hagas... Llevo mucho tiempo esperando esta mosca, convencida de que terminaría por encontrarme. Al parecer no ha sido capaz y te ha buscado a ti.

Yo observaba atentamente a mi cuñada, preguntándome si fingía aún estar loca o si, a fin de cuentas, lo estaba. A pesar de todo, loca o no, daba la impresión de sentirse acorralada. Era preciso violentar aún su última resistencia y como, al parecer, temía por su hijo, dije:

—Cuéntamelo todo, Anne. Así podré proteger mejor a Harry.

—¿De qué quieres protegerlo? ¿No comprendes que si yo estoy aquí, es únicamente para evitar que Harry se convierta en el hijo de una condenada a muerte, ejecutada por el asesinato de su esposo? Créeme, preferiría cien veces la horca a la muerte lenta de este manicomio.

—Anne, estoy tan interesado como tú en proteger al hijo de mi hermano. Te prometo que, si me lo cuentas todo, haré lo imposible por defender a Harry. Pero si te niegas a hablar, el inspector Twinker tendrá la mosca. De todas formas intentaré velar por el niño, pero tú misma debes hacerte cargo de que entonces ya no tendré las riendas de la situación.

—¿Por qué estás tan empeñado en saber? —dijo lanzándome una curiosa mirada de rencor.

—Anne, es la suerte de tu hijo lo que está en tus manos. ¿Qué decides?

—Vamos dentro. Voy a entregarte el relato de la muerte del pobre Bob.

—¡Lo has escrito!

—Sí. Lo tenía preparado, no para ti, sino para tu maldito inspector. Suponía que, antes o después, terminaría por dar con parte de la verdad.

—En este caso, ¿puedo enseñárselo?

—Haz lo que te parezca.

Me quedé en el locutorio mientras ella subía a su habitación. Al volver, traía un abultado sobre amarillo, que me tendió diciendo:

—Procura leerlo a solas y sin que nadie te moleste.

—De acuerdo, Anne. Lo haré en cuanto llegue y mañana vendré a verte.

—Muy bien.

Y salió del locutorio sin despedirse.

Hasta que algunas horas más tarde empecé la lectura, no descubrí la advertencia escrita en el exterior del sobre:

A quien corresponda — Probablemente al inspector Twinker.

Tras dar órdenes rigurosas de que no se me molestara bajo ninguna excusa, hice saber que no cenaría y pedí té con bizcochos. Después subí rápidamente a mi despacho.

Una vez en él, examiné cuidadosamente las paredes, las tapicerías y los muebles, sin encontrar el menor rastro de moscas. Luego, cuando la criada me subió el té y añadió leña al fuego, cerré las ventanas y corrí las cortinas. Finalmente eché el cerrojo de la puerta, descolgué el teléfono —lo hacía todas las noches desde la muerte de mi hermano—, apagué las luces, excepto la de mi mesa de trabajo, y abrí el grueso sobre amarillo.

Tras servirme una taza de té, comencé la lectura del manuscrito:

«Esto no es una confesión, porque nunca he intentado ocultar la responsabilidad que me incumbe en el trágico fin de mi marido y también porque, a pesar de declararme única autora de su muerte, no soy una criminal. Al actuar como lo hice, me limitaba a ejecutar fielmente las últimas voluntades de Robert Browning, aplastándole la cabeza y el antebrazo derecho con el martillo-pilón de la fábrica de su hermano.»

Sin haber probado una sola gota de té, volví la página.

«Con alguna anterioridad a su desaparición, mi marido me había puesto al corriente de sus experimentos. Ya entonces comprendía perfectamente que el Ministerio se los hubiera prohibido como demasiado peligrosos, pero confiaba en obtener resultados positivos antes de informar sobre ellos.

»Aunque hasta el momento la ciencia sólo ha conseguido transmitir a través del espacio el sonido y la imagen, gracias a la radio y la televisión, Bob aseguraba haber encontrado el medio de transmitir la propia materia. La materia —es decir, un cuerpo sólido— colocada en un aparato emisor, se desintegraba y reintegraba instantáneamente en un aparato receptor.

»Bob consideraba que su descubrimiento podía ser de tanta trascendencia como el de la rueda. Creía que la transmisión de la materia por desintegración-reintegración instantánea, significaba una revolución sin precedentes, de radical importancia para la evolución del hombre. La difusión de su invento equivaldría al fin de los transportes mecanizados, no sólo para los productos y mercancías que pudieran corromperse, sino también para los propios seres humanos. Bob, hombre eminentemente práctico, que jamás se dejaba llevar por la fantasía, vislumbraba ya un mundo desprovisto de aviones, trenes, coches, carreteras y vías férreas. Todo esto sería reemplazado por estaciones emisoras-receptoras, repartidas por toda la superficie de la Tierra. Bastaría con situar a los viajeros y a las mercancías en el interior de una cabina emisora, para que fueran desintegrados y casi instantáneamente reintegrados en la cabina receptora del punto de destino.

»Mi marido tropezó con algunas dificultades al principio. Su aparato receptor sólo estaba separados de su aparato emisor por una pared. Como sujeto de su primera experiencia, eligió un viejo cenicero, recuerdo de un viaje que habíamos hecho a Francia.

»Cuando me trajo triunfalmente el cenicero, aún no estaba al corriente de sus investigaciones y tardé un poco en comprender el significado de sus palabras.

»—¡Mira, Anne! —dijo—. Este cenicero ha permanecido totalmente desintegrado durante una diezmillonésima de segundo. Por un momento, ha dejado de existir. Era sólo un conjunto de átomos viajando a la velocidad de la luz entre dos aparatos. Y un instante después, los átomos se han unido de nuevo para volver a formar este cenicero.

»—Bob, por favor... ¿de qué hablas? Explícate.

»Entonces me reveló el objetivo de sus experiencias y, al ver que no lo comprendía, empezó a esgrimir dibujos y a manejar cifras. Tras lo cual, naturalmente, aún entendí menos sus explicaciones.

»—Perdóname, Anne —dijo al darse cuenta, riéndose de buena gana—. ¿Te acuerdas de aquel artículo sobre los misteriosos vuelos de ciertas piedras, que irrumpen sin causa aparente en algunas casas de la India, a pesar de que las puertas y las ventanas están cerradas?

»—Sí, me acuerdo muy bien. El profesor Downing, que había venido a pasar el fin de semana con nosotros, dijo que —si no había algún truco— el fenómeno sólo podía explicarse por la desintegración de las piedras en la calle y su reintegración en el interior de la casa, antes de su caída.

»—Exactamente —y añadió—: A menos que el fenómeno se produzca por una desintegración parcial y momentánea de la pared atravesada por las piedras.

»—Todo eso es muy bonito, pero sigo sin comprender. ¿Cómo puede pasar una piedra, por muy desintegrada que esté, a través de una pared o de una puerta?

»—Puede, Anne, porque entonces los átomos que componen la materia no se tocan. Están separados entre sí por espacios inmensos.

»—¿Espacios inmensos entre los átomos que componen, por ejemplo, una simple puerta?

»—Entendámonos: los espacios entre átomos son *relativamente* inmensos. Es decir, inmensos con relación al tamaño de los átomos. Tú pesas cien libras y mides cinco pies y tres pulgadas... Si todos los átomos que componen tu cuerpo fueran comprimidos unos contra otros, sin que quedara el menor espacio entre ellos, tu seguirías pesando lo mismo, pero no abultarías más que una cabeza de alfiler.

»—Entonces, si no he comprendido mal, ¿tú pretendes haber reducido este cenicero al tamaño de una cabeza de alfiler?

»—No, Anne. En primer lugar, si los átomos de este cenicero, que apenas pesa dos onzas, fueran comprimidos, el conjunto resultante sólo sería visible al microscopio. En segundo lugar, todo esto era una simple imagen. Lo que intento explicarte, pertenece a otro orden de fenómenos. Este cenicero, una vez desintegrado, puede atravesar cualquier cuerpo opaco y sólido, a ti misma, por ejemplo, sin la menor dificultad, porque entonces sus átomos separados no encuentran obstáculo alguno en la masa de tus átomos, que también están separados.

»—¿Y tú has desintegrado este cenicero y lo has reintegrado un poco más allá, después de hacerlo pasar a través de otro cuerpo?

»—A través, para ser exacto, de la pared que separaba mi aparato emisor de mi aparato receptor.

»—¿Y puede saberse qué utilidad tiene enviar ceniceros a través del espacio?

»Bob inició entonces un gesto de mal humor, pero al darse cuenta de que sólo le estaba gastando una broma, se dedicó a explicarme algunas de las posibilidades de su descubrimiento.

»—¡Bueno! Espero que nunca me obligues a víajar así, Bob. No me gustaría terminar como tu dichoso cenicero.

»—¿Cómo ha terminado?

»—¿Te acuerdas de lo que había escrito en él?

»—Sí, claro. La inscripción «Made in France», que ahí sigue.

»—Pero, ¿te has fijado cómo?

»Cogió el cenicero con una sonrisa y palideció al darse cuenta de lo que yo quería decir. Las tres palabras seguían, efectivamente allí, pero invertidas, de forma que sólo podía leerse: «ecnarF ni edaM».

»—Es inaudito —murmuró.

»Y, sin terminar el té, se precipitó hacia el laboratorio, del cual ya no volvió a salir hasta el día siguiente por la mañana, tras una noche entera de trabajo.

»Algunos días más tarde, Bob sufrió un nuevo revés, que le puso de malhumor durante varias semanas. Después de muchas preguntas, terminó por confesar que su primera experiencia con un ser vivo había resultado un completo fracaso.

»—Bob, ¿ha sido *Dandelo?*

»—Sí —reconoció a duras penas—. Se desintegró perfectamente, pero no volvió a reintegrarse en el aparato receptor.

»—¿Y entonces...?

»—Entonces ya no existe *Dandelo.* Sólo existen sus átomos dispersos, que se pasean por alguna parte, Dios sabe cuál, del universo.

»*Dandelo* era un gato blanco que la cocinera había encontrado en el jardín. Una buena mañana desapareció sin saber cómo. Bob acababa de aclararme lo sucedido.

»Tras una serie de nuevas experiencias y largas horas de vigilia, Bob me anunció que su aparato funcionaba ya perfectamente y me invitó a que lo viera.

»Hice preparar una bandeja con una botella de champagne y dos copas para festejar dignamente su éxito, porque yo sabía que mi marido, de no estar a punto el aparato, no me hubiera llevado a verlo.

»—Excelente idea —exclamó quitándome la bandeja de las manos. ¡Vamos a celebrarlo con champagne reintegrado!

»—Espero que sabrá tan bien como antes de su desintegración, Bob.

»—No temas, Anne. Ven aquí.

»Abrió la puerta de un compartimento cuadrangular, que era una simple cabina telefónica, debidamente transformada.

»—Ahí tienes el aparato de desintegración-transmisión —me explicó mientras ponía la bandeja sobre un taburete colocado en su interior.

»Cerró con cuidado, me tendió unas gafas de sol y me hizo situarme ante la puerta de cristales de la cabina.

»Tras ponerse él mismo las gafas negras, manipuló varios botones en el exterior de la cabina, y de ésta se elevó el dulce ronroneo de un motor eléctrico.

»—¿Dispuesta? —preguntó apagando la luz y haciendo girar otro conmutador, que llenó el aparato de un resplandor azulado—. ¡Entonces, fíjate bien!

»Bajó una palanca y todo el laboratorio se iluminó violentamente con un cegador destello anaranjado. Vislumbré, en el interior de la cabina, una especie de bola de fuego, que crepitó un instante, y sentí un repentino calor en la cara y en el cuello. Después sólo pude ver dos agujeros negros bordeados de verde, como cuando se mira durante cierto tiempo al sol.

»—Puedes quitarte las gafas, Anne. La operación ha terminado.

»Con un gesto teatral, mi marido abrió la puerta de la cabina y, a pesar de que lo esperaba, fingí una gran sorpresa al comprobar que el taburete, la bandeja, las copas y la botella habían desaparecido.

»Después me hizo pasar ceremoniosamente a la habitación contigua, donde se encontraba una cabina idéntica a la que servía de aparato emisor. Abrió la puerta y sacó triunfalmente la bandeja y el champagne, que descorchó al instante. El tapón saltó alegremente y el líquido burbujeo en las copas.

»—¿Estás seguro de que se puede beber sin peligro?

»—Absolutamente —dijo Bob tendiéndome una copa—. Y ahora vamos a intentar una nueva experiencia. ¿Quieres asistir a ella?

Pasamos a la sala donde estaba el aparato de desintegración.

»—¡Oh, Bob! ¡Acuérdate del pobre *Dandelo!*

»—Es sólo un cobaya, Anne. Pero estoy convencido de que ahora saldrá bien.

»Colocó al animal en el suelo metálico de la cabina y me obligó a ponerme las gafas de sol. Oí el ronroneo del motor, presencié de nuevo el estallido de luz y, sin esperar a que Bob abriera el emisor, me precipité a la habitación contigua. A través de la puerta de cristal pude ver al cobaya corriendo de un lado a otro.

»—¡Bob, amor mío! ¡Está aquí! ¡Lo has conseguido!

»—Un poco de paciencia, Anne. No lo sabremos con seguridad hasta dentro de algún tiempo.

»—Pero está tan vivo como antes.

»—Es preciso comprobar que todos sus órganos siguen intactos. Si continúa así durante un mes, podremos intentar otras experiencias.

»Ese mes me pareció un siglo. Todos los días iba a ver al cobaya, que parecía portarse de maravilla.

»Cuando Bob se convenció de su buena salud, puso a *Pickles,* nuestro perro, en la cabina. No me avisó, porque jamás hubiera consentido que *Pickles* pasara por una experiencia semejante. Al animal, sin embargo, pareció gustarle. En una sola tarde fue desintegrado y reintegrado diez o doce veces y en cuanto salía de la cabina receptora, se precipitaba al aparato emisor para repetir el juego.

»Suponía que Bob iba a convocar una reunión de científicos y especialistas del Ministerio, como solía hacer cuando terminaba un trabajo, para comunicar sus conclusiones y llevar a cabo algunas demostraciones prácticas. Al cabo de algunos días, yo misma se lo hice notar.

»—No, Anne. Este descubrimiento es demasiado importante para anunciarlo sin más ni más. Hay algunas fases de la operación que ni yo mismo he llegado a comprender todavía. No puedo abandonarlo ahora en otras manos.

»A veces, aunque no siempre, me hablaba de la marcha de su trabajo. Desde luego, en ningún mamento se me pasó por la cabeza la idea de que fuera a intentar una primera experiencia humana con su propia persona y sólo después de la catástrofe descubrí que un segundo cuadro de mandos había sido instalado en el interior de la cabina emisora.

»La mañana en que intentó su terrible experiencia, Bob no vino a comer. Encontré una nota clavada en la puerta de su laboratorio:

»"Sobre todo, que nadie me moleste. Estoy trabajando."

»Ya en otras ocasiones había hecho lo mismo. Por otra parte, no concedí importancia a la extraña y deforme escritura del mensaje.

»Y fue precisamente algo más tarde, a la hora de la comida, cuando Harry vino corriendo a decirme que había cazado una mosca con la cabeza blanca. Yo, sin querer verla, le dije que la soltara inmediatamente. Ni Bob ni yo soportábamos que se le hiciera el menor daño a un animal. Yo sabía que Harry había atrapado aquella mosca sólo porque era rara, pero también sabía que su padre no vería en ello disculpa alguna.

»A la hora del té, Bob continuaba encerrado en su laboratorio y el mensaje clavado en la puerta. A la hora de la cena, las cosas seguían igual y por fin, vagamente inquieta, me decidí a llamarlo.

»Le oí moverse por la habitación y un momento después apareció un segundo mensaje por debajo de la puerta. Lo desplegué y leí:

» "Anne: he tenido algunas complicaciones. Acuesta al niño y vuelve dentro de una hora. B."

»Golpeé de nuevo y llamé varias veces a Bob, sin recibir respuesta. Al cabo de un instante le oí teclear en la máquina de escribir y, tranquilizada por ese ruido familiar, regresé a la casa.

Después de acostar a Harry, volví al laboratorio y encontré una nueva hoja de papel, que Bob había deslizado, como la anterior, por debajo de la puerta. Esta vez, leí con espanto:

> *Anne:*
> »*Cuento con tu firmeza de espíritu para que no pierdas la cabeza, porque sólo tú puedes ayudarme. Me ha sucedido un grave accidente. Mi vida no corre peligro por el momento, pero se trata, a pesar de ello, de una cuestión de vida o muerte. Me es imposible hablar: nada se consigue, por lo tanto, llamándome o haciéndome preguntas a través de la puerta. Tienes que obedecer mis instrucciones al pie de la letra. Después de dar tres golpes, para indicarme que estás de acuerdo, vete a buscar una taza de leche y añádele una copa colmada de ron. No he comido ni bebido nada desde anoche y tengo necesidad de hacerlo. Confío en ti.*
> *B.*

»Con el corazón acelerado, di los tres golpes convenidos y me precipité hacia la casa para satisfacer su petición.

De regreso al laboratorio encontré un nuevo mensaje en el suelo:

> »*Anne, sigue fielmente mis instrucciones:*
> »*Cuando llames, abriré la puerta. Pon la taza de leche sobre mi mesa de trabajo, sin hacer ninguna pregunta, y pasa después a la habitación donde se encuentra la cabina receptora. Una vez allí, mira bien por todas partes. Es absolutamente necesario que encuentres una mosca. Aunque no puede andar muy lejos, yo me he pasado horas bus-*

*cándola en vano. Ahora tengo un serio hándicap y
veo mal las cosas pequeñas.*

*»Pero antes de nada, júrame que me obede-
cerás en todo y que bajo ninguna excusa intentarás
verme. Me es imposible discutir. Tres golpes en la
puerta me demostrarán que estás nuevamente de
acuerdo. Mi vida depende de tu ayuda.*

»Sobreponiéndome a la emoción, di tres golpes espaciados.

Entonces oí que Bob venía hacia ella. Un instante después, su mano buscaba y descorría el cerrojo.

»Al entrar, comprendí que se había quedado
detrás de la puerta. Resistiendo el deseo de volverme, dije:

»—Puedes contar conmigo, querido.

»Después de poner la taza en la mesa, bajo la
única luz encendida, me dirigí hacia la otra habitación, que estaba, por el contrario, brillantemente
iluminada. En ella reinaba el más absoluto desor-
den: había una gran cantidad de fichas y probetas
rotas por el suelo, entre taburetes y sillas patas arriba. De una especie de enorme balde se desprendía
un olor acre, originado por la combustión de unos
papeles que acababan de consumirse.

»Antes de empezar, sabía yo que mi búsqueda no daría resultado. El instinto me decía que la
mosca deseada por Bob era la misma que Harry
había atrapado y puesto en libertad, por orden mía,
aquella misma mañana.

»Oí que Bob, en la habitación de al lado, se
acercaba a la mesa y de ella se elevó, al cabo de un
instante, una especie de succión, como si le costara
trabajo beber.

»—Bob, no hay ninguna mosca. ¿No podrías ayudarme algo? Si no puedes hablar, recurre a los golpes en la mesa. Ya sabes: uno para el sí y dos para el no.

»Aunque había intentado dar una entonación normal a mi voz, tuve que hacer un esfuerzo terrible, cuando oí dos golpes secos en su escritorio, para reprimir un sollozo.

»—¿Puedo entrar en esa habitación, Bob? No comprendo nada de lo que pasa, pero —sea lo que sea— sabré enfrentarme a ello con valor.

»Hubo un momento de silencio y, por fin, un solo golpe.

»Al llegar a la puerta me quedé paralizada de estupor. Bob se había echado por la cabeza el paño de terciopelo dorado que generalmente se encontraba sobre la mesa donde comía, cuando por cualquier motivo no quería salir del laboratorio.

»—Bob, seguiremos buscando mañana, a la luz del sol. ¿No podrías ir a acostarte? Si quieres, te llevaré a la habitación de los huéspedes y cuidaré de que nadie te vea.

»Su mano izquierda surgió repentinamente del paño, que le tapaba hasta la cintura, y dio dos golpes en la mesa.

»—¿Necesitas un médico?

»"No", dijo con dos nuevos golpes.

»—¿Quieres que telefonee al profesor Moore? Te sería más útil que yo.

La respuesta fue, una vez más, negativa. Yo no sabía qué hacer ni qué decir. Algo, sin embargo, me daba vueltas en la cabeza. Por fin dije:

»—Harry encontró esta mañana una mosca muy extraña, que yo le obligué a dejar en libertad.

¿No podría ser la que buscas? El niño me dijo que tenía la cabeza blanca.

»Bob emitió un extraño suspiro, ronco y metálico. Y en aquel momento tuve que morderme la mano hasta que brotó sangre para no gritar. Mi marido había dejado caer su brazo derecho a lo largo del cuerpo y tenía, en vez de mano y muñeca, una especie de artejo gris con ganchos, que le asomaban por debajo de la manga.

»—Bob, amor mío, explícame lo que ha pasado... Seguramente podría ayudarte mejor si supiera de lo que se trata... ¡Oh, Bob, es espantoso! —dije tratando vanamente de ahogar los sollozos.

»Sacó la mano izquierda y, tras golpear una vez en la mesa, me indicó la puerta.

»Salí por ella, la cerré y me desplomé en el suelo.

Bob echó el cerrojo, anduvo un poco por la habitación y finalmente se puso a escribir a máquina. Al poco tiempo, una nueva hoja apareció bajo la puerta:

»*Vuelve mañana. Para entonces te tendré preparada una explicación. Toma un somnífero y duerme. Voy a necesitar todas tus fuerzas.*

B.

»—¿No querrás nada durante la noche, Bob? —grité a través de la puerta en cuanto conseguí dominar el temblor de mi voz.

»Dio dos golpes rápidos y nuevamente se oyó el tecleo de la máquina.

»El sol me hizo abrir los ojos. Había puesto el despertador a las cinco, pero no lo había oído por culpa del somnífero. Eran casi las siete y me levanté enloquecida. Había dormido sin un solo sueño, como si alguien me hubiera arrojado al fondo de un oscuro pozo. Pero entonces, al regresar a la pesadilla de la vida real y acordarme del brazo de Bob, rompí nuevamente a llorar.

»Luego me precipité a la cocina y preparé, ante la sorpresa de las criadas, una bandeja de té con tostadas, que llevé al laboratorio sin perder un minuto.

»Bob me abrió al cabo de unos segundos y cerró la puerta tras de mí. Aún llevaba el paño sobre la cabeza. Por el lecho improvisado y por las arrugas de su traje gris, comprendí que había intentado descansar un poco. Una hoja mecanografiada me esperaba sobre la mesa. Bob se encontraba junto a la puerta de la otra habitación y comprendí que quería estar solo. Llevé, pues, el mensaje a ella y, mientras lo leía, le oí servirse una taza de té. A continuación reproduzco sus palabras:

»*¿Te acuerdas del cenicero? Me ha pasado un accidente similar, aunque por desgracia mucho más grave. Me he desintegrado y reintegrado yo mismo, una vez, con éxito. Pero, al intentar una segunda experiencia, no me he dado cuenta de que había una mosca en la cabina de transmisión.*

»*Mi única esperanza se cifra en encontrar esa mosca y en volver a "pasar" con ella. Búscala por todas partes. Si no la encuentras, será preciso que idee un procedimiento para desaparecer sin dejar rastro.*

»Yo hubiera preferido una explicación más detallada, pero Bob debía tener alguna poderosa razón para no dármela. "Seguramente está desfigurado", pensé. E intenté imaginarme su rostro invertido, como la inscripción del cenicero, con los ojos en el sitio de la boca o las orejas.

—Pero era preciso conservar la calma y tratar de salvarlo. Ante todo, debía cumplir sus órdenes y esforzarme por encontrar aquella dichosa mosca a cualquier precio.

»—¿Puedo entrar ya?

»Bob abrió la puerta que ponía en comunicación las dos habitaciones.

»—No desesperes. Voy a traerte esa mosca. Aunque no se la ve por parte alguna del laboratorio, tiene que andar cerca. Supongo que estás desfigurado y que por eso pretendes desaparecer sin dejar huellas. Pero yo no lo permitiré. Si fuera necesario, te haría una máscara o una capucha y continuarías tus investigaciones hasta que consiguieras volver a la normalidad. Incluso, si no hubiera otro remedio, avisaría al profesor Moore y a otros sabios amigos tuyos y entre todos te salvaríamos.

»Bob golpeó con violencia la mesa y emitió el suspiro ronco y metálico de la noche anterior.

»—No te irrites, Bob. No haré nada sin prevenirte, te lo prometo. Ten confianza en mí y déjame ayudarte. Estás desfigurado, ¿no es cierto? Seguramente, de un modo terrible. ¿Quieres enseñarme la cara? No me darías asco. ¡Soy tu mujer, Bob!

»Dio dos rabiosos golpes, para indicarme su total negativa, y me ordenó con la mano que saliera.

»—Bueno. Voy a buscar esa mosca, pero júrame antes que no harás ninguna tontería y que no tomarás la menor iniciativa sin consultarme.

»Extendió lentamente la mano izquierda y comprendí que ese gesto equivalía a una promesa.

»Jamás olvidaré aquella espantosa jornada dedicada íntegramente a la caza de moscas. Puse la casa patas arriba, obligando a las criadas a participar en mi búsqueda. Aunque les expliqué que se trataba de una mosca, escapada del laboratorio de mi marido, sobre la cual se había llevado a cabo un importante experimento y que a toda costa era preciso recuperar viva, creo que en más de un momento me creyeron loca. Eso fue, por otra parte, lo que más tarde me salvó de la vergüenza de la horca.

Interrogué a Harry. No comprendió inmediatamente y lo sacudí hasta que empezó a llorar. Entonces tuve que armarme de paciencia. Sí, se acordaba. Había encontrado la mosca en el reborde de la ventana de la cocina, pero la había soltado, obedeciendo mis órdenes.

»A pesar de encontrarnos en pleno verano, en nuestra casa apenas había moscas, porque vivíamos en lo alto de una colina donde siempre hacía viento. De todos modos, atrapé varios centenares. Hice poner jícaras de leche, confituras y azúcar en los rebordes de las ventanas y en varios sitios del jardín. Ninguno de los insectos cazados, sin embargo, respondió a la descripción dada por Harry. Los examiné personalmente con una lupa y todos parecían iguales.

»A la hora de comer, llevé al laboratorio leche y puré de patatas. Por si acaso, dejé también algunas moscas, cogidas al azar. Pero mi marido me dio a entender que no le servían para nada.

»—Si de aquí a la noche no aparece la mosca, estudiaremos el procedimiento a seguir. Mi idea es ésta: me instalaré en la habitación de al lado, con la puerta cerrada y te haré preguntas. Cuando no puedas contestar con un sí o un no, escribirás la contestación a máquina y me la echarás por debajo de la puerta... ¿Te parece bien?

»"Sí", golpeó Bob con su mano útil.

»Al ponerse el sol, seguíamos sin encontrar la mosca. Antes de llevarle la cena a Bob, titubeé un momento ante el teléfono. Sin duda alguna, todo aquello era una cuestión de vida o muerte para mi marido. ¿Tendría yo fuerza suficiente para oponerme a su voluntad e impedirle que pusiera fin a sus días? Seguramente jamás me perdonaría que faltara a mi promesa, pero pensé que su resentimiento era, a fin de cuentas, preferible a su desaparición y, febrilmente, me decidí a descolgar el aparato y a marcar el número del profesor Moore, su más íntimo amigo.

»—El profesor está de viaje y no volverá hasta finales de semana —me explicó cortésmente una voz neutra.

»La suerte estaba echada. Tendría que luchar sola, y sola —decidí— salvaría a Bob.

»Cuando unos minutos después entré en el laboratorio, casi había recuperado la tranquilidad y me instalé, como habíamos convenido, en la habitación vecina para comenzar aquella penosa discusión, llamaba a durar buena parte de la noche.

»—Bob, ¿podrías decirme con exactitud lo que había pasado?

»Oí el tecleo de su máquina durante varios minutos. Después apareció una hoja de papel bajo la puerta.

»*Anne:*

»*Prefiero que me recuerdes con mi aspecto anterior. No va a quedar más remedio que destruirme. He reflexionado largamente sobre él asunto y sólo se me ocurre un procedimiento, para el cual necesito tu ayuda. Al principio pensé en una sencilla desintegración por medio de mi aparato emisor, pero se trata de una idea descabellada porque algún sabio podría reintegrarme en un futuro más o menos lejano y no quiero que eso suceda a ningún precio.*

»Por un momento llegué a preguntarme si Bob se había vuelto loco.

»—No quiero saber cuál es tu procedimiento, porque jamás aceptaré esa solución, Bob. Por terrible que sea el resultado de tu experiencia, estás vivo, eres un hombre, con un alma y una inteligencia. ¡No tienes derecho a destruir todo eso!

»La respuesta fue de nuevo mecanográfica.

»*Estoy vivo, pero no soy ya un hombre. En cuanto a mi inteligencia, puede desaparecer de un momento a otro. Ni siquiera sigue intacta. Y no puede haber alma sin inteligencia.*

»—Tienes que poner a los otros sabios al corriente de tus experiencias y trabajos. Ellos terminarán por salvarte.

»Casi me asusté al oír los golpes de Bob sobre la puerta.

»—¿Por qué no? ¿Por qué te niegas a recibir una ayuda que todos te prestarían de corazón?

»Mi marido aporreó entonces la puerta con una docena de furiosos golpes, y yo comprendí que por ese camino no iba a ninguna parte.

»Entonces le hablé de mí, de su hijo, de su familia. No me contestó. Cada vez me sentía más desconcertada. Por fin me aventuré a lanzar un tímido:

—Bob... ¿me escuchas?

»Esta vez se oyó un solo golpe, mucho más suave.

»—En una de tus cartas te referías al cenicero de tu primera experiencia. ¿Crees que si lo hubieras metido otra vez en el aparato, las letras habrían podido recuperar su primitivo orden?

»Unos instantes más tarde, leí en la nueva hoja que acababa de ser deslizada bajo la puerta:

»*Veo dónde vas a parar, Anne. He pensado en ello y ésa, precisamente, es la razón de que tenga tanto interés en recuperar la mosca. Si no nos transmitimos juntos, no hay esperanza alguna.*

»—Inténtalo al azar. Nunca se sabe.

»"Ya lo he intentado", fue esta vez su respuesta.

»—¡Prueba una vez más!

»La respuesta de Bob me animó un poco, porque ninguna mujer ha comprendido ni comprenderá jamás que un condenado a muerte se dedique a gastar bromas. Un minuto más tarde, efectivamente, pude leer:

»*Admiro tu deliciosa lógica femenina. Podríamos repetir la experiencia un millar de veces... Pero para darte ese placer, sin duda el último, voy a hacerlo. En el caso de que no encuentres las gafas negras, vuélvete de espaldas a la cabina receptora y tápate los ojos con las manos. Avísame cuando estés dispuesta.*

»—¡Ya, Bob!

»Sin molestarme en buscar las gafas, obedecí sus instrucciones. Le oí mover varias cosas y cerrar la puerta de la cabina de transmisión. Tras un momento de espera, que me pareció interminable, se escuchó un ruido violento y pude percibir un brillante resplandor a través de mis párpados cerrados y de mis manos.

»Me di la vuelta y miré.

»Bob, siempre con su paño de terciopelo sobre la cabeza, salió lentamente de la cabina receptora.

»—¿Ningún cambio? —pregunté dulcemente, tocándole en el brazo.

»Al sentir el contacto, retrocedió rápidamente y tropezó con un taburete volcado. Entonces hizo un violento esfuerzo para no perder el equilibrio y el paño de terciopelo dorado resbaló lentamente por su cabeza y cayó al suelo tras él.

Jamás olvidaré aquella visión. Grité de miedo y cuanto más gritaba, más miedo tenía. Me metí los dedos en la boca, como si fueran una mordaza, para ahogar los gritos y, tras sacarlos empapados en sangre, grité aun con más fuerza. Sabía, me daba cuenta de que sólo apartando la mirada de él y cerrando los ojos, podría dominarme.

»Sin prisa, el monstruo en que se había convertido Bob, volvió a taparse la cabeza y se dirigió a tientas hacia la puerta. Por fin pude cerrar los ojos.

»Yo, antes de aquello, creía en la posibilidad de una vida mejor y nunca había sentido miedo de la muerte. Ahora sólo me queda una esperanza: la nada total de los materialistas, porque ni siquiera en otro mundo podría olvidar. No, jamás olvidaré aquel cráneo aplastado, aquella cabeza de pesadilla, blanca, velluda, con puntiagudas orejas de gato y ojos protegidos por grandes placas oscuras. La nariz rosada y palpitante, era también la de un gato, pero la boca había sido sustituida por una especie de hendidura vertical, cubierta de largos pelos rojos y prolongada por una trompa negra y viscosa, que se abocinaba en su extremo.

»Debí de desmayarme, porque me desperté, algún tiempo más tarde, tendida sobre las frías baldosas del laboratorio y con los ojos clavados en la puerta, tras la cual se oía, una vez más, el tecleo de la máquina de escribir de Bob.

Estaba atontada, como esas personas que —tras un accidente grave— no se dan cuenta cabal de lo sucedido. Me acordaba de un hombre, perfectamente lúcido, al que había visto cierta vez en una estación, sentado al borde del andén, mirando con una especie de indiferente estupor su pierna, aún sobre la vía por donde acababa de pasar el ferrocarril.

La garganta me dolía atrozmente y temí haber arruinado mis cuerdas vocales a fuerza de gritar.

»Al otro lado de la pared cesó el ruido de la máquina y una nueva hoja apareció bajo la puerta. Estremecida, la así con la punta de los dedos y leí:

»*Ahora ya lo comprendes. Esta experiencia ha sido un último desastre, querida Anne. Sin duda habrás reconocido una parte de la cabeza de* Dan-

delo. *Antes de la transmisión, mi cabeza era, sim-*
plemente, la de una mosca. Ahora sólo tengo de
ésta los ojos y la boca. El resto ha sido reempla-
zado por una reintegración parcial de la cabeza del
gato desaparecido.

»*Supongo que hasta tú misma te das cuenta*
de que sólo existe una solución. Debo desaparecer,
como te decía, sin dejar rastro. Da tres golpes en la
puerta si estás de acuerdo. En ese caso, te explicaré
el procedimiento que considero más adecuado.

»Sí, Bob tenía razón. Era preciso que nadie supiera de él ni de su triste destino. Comprendía mi error
al proponerle una nueva desintegración y, confusa-
mente, me daba cuenta de que nuevas tentativas sólo
conducirían a transformaciones aún más horribles.

»Me acerqué a la puerta e intenté hablar,
pero ningún sonido salió de mi garganta abrasada.
Entonces di los tres golpes convenidos.

»El resto puede adivinarse. Bob me explicó
su plan por medio de mensajes mecanografiados y
yo lo aprobé.

»Helada, temblorosa, con la cabeza a punto
de estallar, como un autómata, le seguí de lejos
hasta la fábrica. Llevaba en la mano un papel con
todas las instrucciones relativas al funcionamiento
del martillo-pilón.

»La cosa fue más fácil de lo que parece, porque no tenía la sensación de estar matando a mi marido, sino a un monstruo. El verdadero Bob había
dejado de existir muchas horas antes. Yo me limitaba simplemente a ejecutar sus últimas voluntades.

»Con los ojos clavados en su cuerpo, tendido en el suelos e inmóvil, pulsé el botón de descen-

so. La masa metálica bajó silenciosamente, aunque menos deprisa de lo que yo había supuesto. El golpe sordo de su llegada al suelo se confundió con un crujido seco. El cuerpo de mi... del monstruo fue recorrido por un estremecimiento y después ya no volvió a moverse.

»Entonces me acerqué y vi que se había olvidado de meter el brazo derecho, la pata de mosca, bajo el martillo.

»Sobreponiéndome al asco y al miedo, y con prisa, porque temía que el ruido del martillo atrajera al vigilante nocturno, puse en marcha el mecanismo de ascensión de la máquina.

»Después, dando diente con diente y llorando de terror, me vi nuevamente obligada a superar el asco y a levantar y empujar hacia delante su brazo derecho, extrañamente ligero.

»Hice caer nuevamente el martillo y eché a correr.

»Ahora lo sabe todo. Haga lo que mejor le parezca.»

* * *

Al día siguiente, el inspector Twinker vino a tomar el té conmigo.

—Me enteré inmediatamente de la muerte de Lady Browning y, como me había ocupado de la muerte de su marido, me encargaron también de este asunto.

—¿Cuáles son sus conclusiones, inspector?

—La medicina no admite réplicas. Lady Browning, según el diagnóstico del forense, se ha suicidado con una cápsula de cianuro. Debía de llevarla encima desde hace tiempo.

—Venga a mi despacho, inspector. Quiero enseñarle un curioso documento, antes de destruirlo.

Twinker se sentó ante mi mesa y leyó, al parecer sin alterarse, la larga «confesión» de mi cuñada, mientras yo fumaba mi pipa al lado de la chimenea.

Cuando volvió la última página, reunió cuidadosamente todas las hojas y me las tendió.

—¿Qué le parece? —pregunté mientras las arrojaba con cierta delectación a la chimenea.

En lugar de responder inmediatamente, esperó a que el fuego devorara por completo las blancas hojas, que se retorcían y adquirían extrañas formas.

—En mi opinión, este manuscrito prueba definitivamente que Lady Browning estaba loca de atar —dijo clavando en mí sus ojos claros.

—Sin duda —asentí yo mientras encendía la pipa.

Permanecimos un buen rato mirando el fuego.

—Esta mañana me ha pasado algo muy curioso, inspector. Fui al cementerio, al sitio donde está enterrado mi hermano. No había nadie.

—Sí, había alguien, míster Browning. Yo estaba allí. No quise molestarle en sus... trabajos.

—¿Entonces me vio...?

—Sí. Lo vi enterrar una caja de cerillas.

—¿Sabe lo que había dentro?

—Supongo que una mosca.

—Sí. La encontré de buena mañana en el jardín. Había caído en una tela de araña.

—¿Estaba muerta?

—No del todo. Tuve que acabar con ella... La aplasté entre dos piedras. Tenía la cabeza blanca... completamente blanca.

Comentarios a los relatos

Los ladrones de cadáveres

Los ladrones de cadáveres fueron, en el siglo XIX, toda una plaga en el Reino Unido. Había una necesidad en sus facultades de Medicina: la de contar con cadáveres para poder hacer prácticas de disección. Pero estas prácticas se consideraban ilegales. En cambio, sin cadáveres, los profesores de anatomía y cirugía no podían ni ampliar sus conocimientos —lo que imposibilitaba en parte el avance de la Medicina— ni enseñar a sus alumnos. Como consecuencia de ésta, ahora incomprensible situación, nació una «profesión», por supuesto que igualmente ilegal, la de los «resurreccionistas», así se llamaba a los ladrones de cuerpos, entregados a un macabro pero también próspero comercio. Pero, los familiares de los finados, ante la cada vez mayor actividad de tales malhechores, comenzaron a vigilar o a encargar vigilar sus tumbas. La situación se complicaba para los «resurreccionistas». Y los hubo que, no estando dispuestos a abandonar lo que para ellos era una «profesión» muy lucrativa, no dudaron en asesinar, vendiendo los cuerpos de sus víctimas como si éstas hubieran tenido una muerte natural. En Londres fue temida «la banda Borough». Pero los más famosos «resurreccionistas» fueron Burke y Hare, cuya historia inspiró a Robert Louis Stevenson para su relato *Los ladrones de cadáveres,* que actuaban en Edimburgo, ciudad en la que él nació. Asfixiaban a sus víctimas, para que el doctor Knox, a quien se las vendían, no sospechase que su muerte no había sido natural. Burke, acusado de trece asesinatos, fue ahorcado el 28 de enero de

1829. Hare, incomprensiblemente, quedó en libertad. Al doctor se le supuso totalmente ignorante de los crímenes de sus proveedores.

Stevenson, en 1881, en Pitlochry, escribió *Los ladrones de cadáveres,* que se publicaría en *Pall-Mall Gazette,* apareciendo en libro en 1895, un año después de su muerte. Se trata de uno de los textos más sobrecogedores de Stevenson, en el que es fácil identificar a los personajes de ficción con los reales del caso Burke y Hare. Pero, lo que ocurrió en Edimburgo —¡cuántas veces lo oiría contar en las tabernas portuarias que tanto frecuentaba en su juventud!—, sólo es una fuente en la que bebió para dejar volar su siempre portentosa imaginación; en este cuento, con no poco de humor negro.

En *Los ladrones de cadáveres* ya nos plantea una de sus más grandes preocupaciones: el peligro que puede plantear la ciencia —que, según él, «escribe acerca del mundo como si lo hiciera con los fríos dedos de una estrella de mar»— en caso de no importarle nada con tal de alcanzar lo que se propone; peligro que quedaría rotundamente plasmado en *El extraño caso del Dr. Jekyll y Mr. Hyde,* una de las novelas más impresionantes acerca de la eterna lucha entre el bien y el mal.

Tenemos, en *Los ladrones de cadáveres,* una brillante muestra de su estilo literario —su prosa, aunque alejada del «arte por el arte», que caracterizó a la de muchos coetáneos suyos, cuenta con una gran sensibilidad y un envidiable vocabulario, por algo fue uno de los maestros de la lengua inglesa—, así como de la mayor preferencia de Stevenson, tanto en su vida como en su obra: irse hacia lo insólito, hacer vibrar lo cotidiano, convirtiéndolo en aventura, llegar a lo sobrenatural por los caminos más naturales. Y también de su crítica de la sociedad en la que vivió, la victoriana, y de la que no cabe duda que huyó, subrayando lo que de hipócrita tenía, siendo los siniestros personajes de *Los ladrones de cadáveres* buen reflejo de la misma, habiendo en su trasfondo un eco de la lucha de las clases sociales de su tiempo, que no se escapaba a sus agudas dotes de observador.

El miedo que se apodera de los personajes de este cuento es el más ancestral: el temor de los vivos a ser poseídos por los espíritus —y tal vez algo más— de los muertos. Un miedo que indudablemente también atrapa a los lectores. Situaciones para ello, en unas angustiosas y sórdidas atmósferas —la sala de disección, un solitario cementerio…—, magníficamente descritas con tal sólo unas pinceladas, no faltan.

La mejor adaptación cinematográfica de *Los ladrones de cadáveres* es la de Robert Wise, de 1945. En ella, de nuevo juntos, aunque por última vez en la pantalla, dos actores míticos del cine de terror: Boris Karloff, inolvidable como la criatura creada por Frankenstein, y Bela Lugosi, también inolvidable como Drácula.

FILMOGRAFÍA ESENCIAL

Los ladrones de cadáveres. Título original: *The Body Snatcher*. Director: Robert Wise. Productor: Val Lewton. Producción: RKO Radio Pictures (Estados Unidos), 1945. Guión: Philip MacDonald, C. Leith (seudónimo de Val Lewton), según el relato de Robert Louis Stevenson. Fotografía: Robert de Grasse. Montaje: J.R. Whittredge. Musica: Rob Webb. Duración: 77 minutos. Blanco y negro. Intérpretes: Boris Karloff, Bela Lugosi, Henry Daniell, Edith Atwater, Russell Wade, Rita Corday…

El gato negro

Los gatos son un símbolo todopoderoso. Representan, posiblemente más que ningún otro animal, la naturaleza dual de la divinidad. Resultan una potencia bondadosa, pero también una potencia destructora, y de forma implacable.

El gato siempre resulta un animal misterioso. Por lo que no es de extrañar que, dados sus «poderes», siga inspirado a muchos autores. En el género que nos ocupa hay tres que espantan: *Plutón*, el de *El gato negro* (1843), de Edgar Allan Poe; la gata de *La piel roja* (1895), de Bram Stoker, que bien se venga del que mató a su pequeño; y Winston Churchill, Church «para abreviar», el de *Cementerio de animales* (1983), de Stephen King, con espíritu diabólico en su cuerpo.

El gato negro se publicó por primera vez el 19 de agosto de 1843 en el *United Saturday Post.* En el año en que Poe ganó el premio de la revista *Dollar Newspaper,* dotado con cien dólares, con su cuento *El escarabajo de oro.* También en este año publicó *El corazón delator.*

El animal preferido de Poe era el gato. En 1840, en *El instituto contra la razón,* escribió: «El autor de este artículo es propietario de una de las gatas negras más extraordinarias del mundo; y esto es decir mucho porque todos los gatos negros son brujos». La gata se llamaba *Catarina.* Virginia, la esposa de Poe, la tenía mucho cariño, y también él, que observando las cosas que hacía, llegó a la conclusión de que los animales también poseen facultades reflexivas y perceptivas, sin excluir el instinto de la perversidad —la tendencia hacia el mal—, el que tanto le preocupó, dedicándole otro de sus cuentos: *El demonio de la perversidad* (1845), en el que nos dice: «Bajo sus incitaciones actuamos por la razón de que no deberíamos actuar. En teoría ninguna razón puede ser más irrazonable; pero, de hecho, no hay ninguna más fuerte. Para ciertos espíritus, en ciertas condiciones llega a ser absolutamente irresistible». La perversidad que, efectivamente, de manera irresistible, actúa en *El gato negro.*

Plutón es el nombre del gato del cuento. Y *Plutón* era el dios de las regiones subterráneas, señor de los muertos y encargado de los tesoros ocultos en el interior de la Tierra. No cabe duda de que Poe le puso tal nombre al gato con la intención de subrayar su naturaleza.

En *El gato negro* (para Poe era uno de sus mejores cuentos), quien nos narra los hechos intenta explicar las razones que le impulsaron a convertirse en un ser capaz de llegar al asesinato. No pide que se lo considere inocente —no cabe duda acerca de su culpabilidad—, pero sí que se le comprenda, puesto que él ha actuado con una irresistible tendencia hacia el mal, que lo pone al borde de la locura, sino en la locura misma. Curiosamente, en el mismo año en que escribió este cuento, también redactó *El corazón delator,* en el que su narrador pretende igualmente justificar su crimen alegando ser víctima de una enfermiza obsesión. Poe, tanto en uno como en otro cuento, brilla en el análisis psicológico de sus personajes, logrando adentrarnos en los abismos de la mente, tortuosos y pesadillescos; abismos en los que caía su propio espíritu atormentado.

El terror que nos produce *El gato negro,* historia alucinante en la que se llega a sensaciones escalofriantes, es el de saber que, en un determinado momento, inconscientemente, cualquiera puede actuar malévolamente dominado por el demonio de la perversidad. Un terror que acrecienta con su angustiosa atmósfera, la descripción de actos brutales y con la presencia de un animal que no deja de ser símbolo de la mala conciencia del asesino.

Para Poe, que tanto se preocupaba por la construcción de los textos literarios, logrando un gran dominio del estilo y una gran pureza del lenguaje, «toda intriga debe ser concebida en función del desenlace», algo de lo que *El gato negro* es un buen ejemplo, así como de que todo debe contar con un «efecto único», en este caso la tendencia a hacer el mal.

Puede que sea *El gato negro* el relato de Poe que con menos fidelidad se haya adaptado al cine. Pero el título, así como el nombre de su autor, atraían a los espectadores, por lo que las productoras no dudaron en utilizarlos como reclamo. Sirva de consuelo, en relación con la apuntada falta de fidelidad del cine por el texto de Poe, el que el relato inspirara a Edgar W. Ulmer para lograr una de las mejores películas de terror: *El gato negro,* en España titulada *Satanás,* en 1934. Se decía «basado en un relato de Edgar Allan Poe». El autor protestaría, pero con toda seguridad le gustaría la película. Una de los tres cuentos de Poe incluidos en *Historias de terror,* dirigida en 1961 por Roger Corman, es *El gato negro,* siendo las otras dos *Morella* y *El extraño caso del señor Valdemar.* Corman, a la trama de *El gato negro* añadió la de *El barril de amontillado* (1846), resultando así una tercera, la de la propia película, que cuanta con otro autor clásico del género, Vincent Price.

FILMOGRAFÍA ESENCIAL

Satanás. Título original: *The Black Cat.* Director Edgar G., Ulmer. Productor: Carl Laemmle. Producción: Universal Pictures (Estados Unidos), 1934. Guión: Peter Rurie y Edgar G. Ulmer, basado en un relato de Edgar Allan Poe. Fotografía: John Mescall. Montaje: Ray Curtis. Música: Heinz Roemheld. Duración: 65 minutos. Blanco y negro. Intérpretes: Boris karloff, Bela Lugosi, David Manners, Jacqueline Wells, Lucille Lund, Harry Cording, Egon Brecher, Anna Duncan, John Carradine...

Historias de terror. Título original. *Tales of Terror.* Director: Roger Corman. Productor: Roger Corman. Producción: Alta Vista/AIP (Estados Unidos), 1961. Guión: Richard Matheson, según relatos de Edgar Allan Poe . Fotografía: Floyd Crosby. Montaje: Anthony Carras. Música: Eve Newman. Efectos especiales: Pat Dinga. Duración: 90 minutos. Color. Intérpretes de la historia *El gato negro:* Vincent Price, Peter Lorre, Joyce Jameson, Lennie Weinrib,Wally Campo, Alan De Witt, John Hackett.

La familia del «vurdalak»

Vampiros, centrándose en ellos, puesto que sobre uno gira la trama del cuento de Tolstoi, los hay por todo el mundo. Pero no todos son iguales, aunque todos desean sangre, y algunos también carne, como el *ch'ian Shit,* el vampiro chino, un demonio que se sirve del cuerpo de un muerto para llevar a cabo sus aberraciones. A los *asanbosam* de Ghana les da por chupar la sangre de los dedos de los durmientes. Por Siberia también se convierten en moscas, escarabajos o pájaros. El búlgaro carece de huesos, resultando un tanto amorfo. El austríaco tiene los cabellos extraordinariamente largos. A los rusos, los *vieszcy* o *upierczi* les da también por devorar el corazón de sus víctimas. Al *dearg-due* irlandés sólo se le puede retener levantando una pirámide de piedras sobre su tumba. Son sólo unos ejemplos. El vampiro de Tolstoi, un *vurdalak,* también tiene sus características, que el autor nos da a conocer, basándose en una obra de Dom Agustín Calmet, *Tratado sobre los vampiros.*

Digamos que hay dos clases de vampiros: los reales y los de ficción (no pocos basados en los primeros). Entre los reales se cuenta a Erzsébet Báthory, condesa Nádasky, que murió en la prisión de Csejthe el 21 de agosto de 1614 tras haber asesinado a unas 650 muchachas, cuya sangre le servía para sus baños, Gilles de Rais, ejecutado en Nantes tras ser condenado a morir en la horca y la hoguera el 26 de octubre de 1440, por haber asesinado a muchas criaturas. A Vlad Tepes, a quien le gustaba empalar a cuantos podía, que fue voivoda de Valaquia, el que inspiró a Bram Stoker para su *Drácula*. Y otros, algunos del siglo XX, como John George Haigh, más conocido por «el vampiro de Londres», ejecutado en la prisión de Wandsworth el 6 de agosto de 1948 por haber cometido varios asesinatos, llegando a beber la sangre de sus víctimas.

Los vampiros de ficción —literatura, cine…— son los que más nos atraen. El lord Ruthven de Polidori, el Drácula de Bram Stoker, el Varney de Thomas Preskett Press, el Lestat de Anne Rice. O vampiras como Carmilla, de Sheridan Le Fanu, Clarimonda, de Théophile Gautier, o Brunhilda, de Johann Luwig Tieck. Pero, entre los de ficción, también los hay inspirados directamente en el folklore de los pueblos, como lo resulta ser el *viyí* de Gogol o Gorcha, el de *La familia del «vurdalak»*.

Alexéi Konstantinovich Tolstoi escribió *La familia del «vurdalak»* en francés, se supone que a principio de los años cuarenta del siglo XIX. Pero, hasta 1884, no se publicó, haciéndose póstumamente.

La acción se desarrolla en un pueblo de Serbia, donde al igual que en Hungria, Prusia, Rusia, Valaquia o Silesia, hubo auténticas oleadas vampíricas en el siglo XVIII. Posiblemente, el caso que más inspiró a Tolstoi para su cuento de cuantos documenta Calmet, fue el acaecido en una aldea serbia en 1732, en la que un vampiro —un «reviniente»—muerto hacía tres años, estaba acabando con todos sus familiares. El duque C.A. de Würtenberg, gobernador de Serbia, envió desde Belgrado una delegación para hacer frente al monstruo, a la que posteriormente él también se uniría. El vampiro, cuando llegó la delegación a la aldea, ya había dado muerte a uno de sus hermanos, a tres sobrinos y la emprendía con una sobrina. Lo sacaron de su sepultura —presentaba un aspecto saludable—, le traspasaron el corazón, le seccionaron la cabeza y su cuerpo se enterró en cal viva.

El marqués de Urfé, en una de las reuniones que se celebran en un palacio vienés, relatará la extraña historia amorosa de la que fue a la vez «testigo y actor». La historia le permite a Tolstoi, por boca de su personaje, versar sobre el folklore, las leyendas y las tradiciones de los pueblos eslavos, principalmente en lo referente a vampiros, con el rigor que le caracterizó. Y también le sirvió para ironizar acerca de las reuniones de la nobleza de su época en las que, hartos de la política, estaba prohibido hablar de ella. No deja de ser otra pincelada histórica de Tolstoi. En la historia, aunque de terror, de las que acaba poniendo «la carne de gallina», no está ausente su sentido del humor, siendo el final un buen ejemplo de ello.

Una de las historias que Mario Bava eligió para su película *Las tres caras del miedo,* fue *La familia del «vurdalak».* No cabe duda de que a Mario Brava, máximo exponente de la que fue escuela italiana de terror, le gustaban los escritores rusos. Porque, su primera y extraordinaria película, *La máscara del demonio* (1960), está inspirada en *El Viyí* de Nikolái Vasilievich Gogol. Para la historia *La familia del «vurdalak»* contó con Boris Karloff, perfecto en su papel de Gorcha, uno de los más sobrecogedores no muertos que nos haya dado el cine. Karloff, sabiamente maquillado, inquieta en todo momento. Como en todo momento inquieta el cuento de Tolstoi.

FILMOGRAFÍA ESENCIAL

Las tres caras del miedo. Título original: *I tre volti della paura.* Director: Mario Bava. Productor: Paolo Mercuri. Coproducción: Emmepi Cinematografica-Galatea (Roma), Société Cinématographique Lyre (París) (Italia, Francia), 1963. Guión: Marcello Fondato, Alberto Bevilacqua y Mario Bava, según relatos de Howard Snyder —*El teléfono*—, A.P. Chéjov —*La gota de agua*— y A.K. Tolstoi —*La familia del «vurdalak»*—. Fotografía: Ubaldo Terzano. Montaje: Mario Serandrei. Música: Roberto Nicosili (Les Baxter para la versión de EEUU). Duración: 100 minutos. Color. Intérpretes de *La fa-*

milia del «vurdalak»: Boris Karloff, Suzy Anderson, Mark Damon, Glauco Onorato, Rika Dialina, Massimo Righi.

Los pájaros

Daphne du Maurier se dedicó preferentemente al género gótico: lo sobrenatural, sublimado, en la literatura. Lo lúgubre, lo siniestro, lo escalofriante...caracterizan este género *(tale of terror)* aparecido en Inglaterra en el siglo XVIII en contraposición al racionalismo imperante, siendo el romanticismo quien facilitó su nacimiento. La primera novela gótica, también llamada negra, fue *El castillo de Otranto* (1764), de Horace Walpole. La seguirían, entre las más destacadas, *Los misterios de Udolpho* (1794), de Ann Radcliffe, *El monje* (1796), de Matthew Gregory Lewis, *Frankenstein, o el moderno Prometeo* (1818), de Mary Shelly o *Melmoth, el errante* (1820), de Charles Robert Maturin. Sin olvidarnos de las obras de Bram Stoker, las Brönte, Hoffmann o Sheridan Le Fanu. En ellas, imperan las escenas de terror en sórdidos lugares, como lo son antiguos castillos medievales. El género, considerado más bien «subgénero» en el XVIII, sería muy leído en el XIX y, tras casi desaparecer, es dignificado en el XX, contribuyendo mucho a ello el cine.

La propia du Maurier, una nota al lector de *Clásicos del terror* (1987), nos dice que, aunque nunca vio un fantasma ni tampoco practicó el espiritismo o el ocultismo, siempre la atrajo lo inexplicado, «por el lado más oscuro de la vida». Buena prueba de ello son novelas suyas como *Rebeca* (1938) o relatos como *Los pájaros* (1952). Éste se le ocurrió durante uno de sus paseos a lo largo de los acantilados de Cornualles —adonde, en cuanto se iba, deseaba regresar—, península de Inglaterra, en su punto más occidental, entre los canales de Bristol y de La Mancha. Observando a los campesinos, sobrevolados por las gaviotas, se preguntó qué ocurriría si las aves, en vez de lanzarse en picado sobre gusanos lo hicieran sobre ellos. Se respondió escribiendo *Los pájaros,* en el año en que la isla de Bikini, en el Pacífico Sur, fue borrada del mapa a causa de la explosión de una nueva arma, la bomba H, 500 veces superior a la bomba atómica que en 1945 destruyó la ciudad de Hiroshima. También Daphne du Murier, con *Los pájaros,* no dejaba de reflexionar al igual que actualmente hacen los ecologistas.

La humanidad, en la ficción —en la realidad, quién sabe—, antes de que los pájaros pusieran en peligro su existencia, ya había sido amenazada por otras especies, así como por habitantes de otros planetas, siendo los marcianos los más reincidentes. Pero, en *Los pájaros* es ella la que, debido a su actuación sobre el planeta, pone en peligro de extinción a las demás especies. Por lo que no debe extrañar que intenten aniquilarla. *Los pájaros* serán los primeros en combatirla. Pero, y esto es muy importante, únicamente por la necesidad de defenderse de los devastadores humanos. Cierto que la amenaza que se plantea en el relato tiene varias lecturas, pero la más tratada es la de la rebelión del reino animal contra los que ponemos en peligro su existencia, así como la de toda la naturaleza.

Daphne du Maurier, más que aterrarnos con la acción, lo hace espoleando nuestras conciencias. El horror no está fuera —por muy estremecedoras que acaben resultando las bandadas de pájaros o por muy claustrofóbica que sea la granja, que sustituye al clásico castillo del género gótico—, sino dentro de nosotros. El relato crece, lenta pero implacablemente, en suspense. Basta una frase, un gesto, un detalle… para que lata inquieto el corazón del lector.

El granjero Nat Hocken, casado y con hijos, con tendencia a la soledad, por ser un hombre de campo, buen conocedor de la naturaleza, sabe muy bien la razón por la que los pájaros actúan como exterminadores. Sus pensamientos, aunque parezcan elementales, son sabios. A él no le sorprende lo que ocurre, o no le sorprende como a una persona alejada de la naturaleza, para lo que no duda no hay solución. No será el fin del mundo, pero sí el fin de la humanidad, ya insoportable para el resto de las especies. Algo que Daphne du Maurier nos expone con la maestría de quien domina un género tan difícil como es el de terror.

No cabe duda de que Alfred Hitchcock fue un apasionado lector de Daphne su Maurier, adaptó al cine tres de sus obras:

La posada de Jamaica, Rebeca y *Los pájaros,* que resultó una de sus más famosas, fascinantes y complejas películas.

Para Hitchcock, que confesó ser una persona muy miedosa, «la emoción es un ingrediente necesario del suspense», consistiendo «en el miedo, el temor que uno siente. Y este miedo depende de la intensidad con la cual el público se identifica con la persona que se encuentra en peligro». En la película *Los pájaros,* producida en 1963, los sentimos profundamente. Hitchcock pensó en muchos finales distintos. Pero se decidió por el conocido. «Le encantaba dejar perplejo al público». Y porque para él la película era claramente una especulación, «una fantasía». Secuencias inolvidables son casi todas las de la película: las niñas a la salida de la escuela atacadas por cuervos, la bandada de gorriones entrando por la chimenea, las gaviotas lanzándose sobre el pueblo, la joven acorralada por las gaviotas en una buhardilla...

Alan Smithee, en 1993, dirige *Los pájaros II. El fin del mundo.* Una producción para televisión por cable.

FILMOGRAFÍA ESENCIAL

Los pájaros. Título original: *The Birds.* Director: Alfred Hitchcock. Productor: Alfred Hitchcock. Producción: Universal International (Estados Unidos), 1963. Guión: Evan Hunter, según la obra de Daphne du Murier. Fotografía: Robert Burks y Ub Iwerks. Montaje: George Tomasini. Música: Remi Gassman y Oskar Sala, bajo la supervisión de Bernard Hermann. Efectos especiales: Lawrence A. Hampton, Albert Withlock y Robert Boyle. Duración: 120 minutos. Color. Intérpretes: Rod Taylor, Tippi Hedren, Suzanne Pleshette, Jessica Tandy, Veronica Cartwright, Ethel Griffies...

La sirena de la niebla

Son muchos los autores que han situado a sus héroes en mundos perdidos de nuestro propio mundo. En selvas inhóspitas, misteriosas islas no cartografiadas, inaccesibles montañas... También en las entrañas del planeta, hacia el «centro» de la Tierra, en grandes lagos como el de Ness, en el que se

216

supone habita una especie animal que se creía extinguida hace millones de años, o en las profundidades oceánicas, donde se dice hay que buscar las ruinas de la Atlántida. Precisamente, del fondo de algún abismo del mundo submarino, acudirá a la superficie un monstruo de tiempos remotos con la esperanza de reunirse con otro de su especie y así dejar de vivir una solitaria existencia de quizá un millón de años. Pero, la realidad, no será como él desea. Y su reacción, la de alguien que se siente totalmente engañado.

Ray Bradbury, uno de los más importantes autores de ciencia ficción, puede que sea el que busque menos una base científica para sus argumentos. Lo que verdaderamente le preocupa es hablar de las emociones humanas —nuestros sentimientos, nuestras sensaciones…—, eligiendo para ello el adentrarse en la mente, donde está presente tanto lo real como lo irreal, lo que existe y lo que también existe oníricamente. Le inquieta la mecanización, la tecnología, la ciencia mal aplicada. Tanto como la incomprensión, el racismo, la guerra… Por lo que, otro grande de la ciencia ficción, Isaac Asimov, dijo que Bradbury escribe «social ficción». En sus obras aflora siempre una nostalgia —llega a ser melancolía— de una humanidad distinta, por ahora imposible, pero que no pierde la esperanza de que llegue a existir, en la que el bien borre el mal.

Ray Bradbury, en la revista *The Saturday Evening Post,* publicó en 1951 un breve relato: *La sirena de la niebla.* Es ante todo, vía narrativa, un intenso y espléndido tratado de la soledad. El marco elegido es, al igual que la profesión de sus personajes, el más idóneo para ello. En una aislado faro, sobre una roca, a tres kilómetros de la costa, en la que no hay ningún pueblo cercano, sus encargados llevan una vida solitaria. Uno de ellos, McDunn, el veterano, cuando se queda solo, piensa en «los misterios del mar», en cuyas profundidades, según él, llegaremos a conocer el verdadero terror. ¿La soledad? ¿La soledad en la que habita un monstruo, que lo angustia desde hace un millón de años? ¿Nuestra soledad, reflejada en tal criatura? Porque «el hombre va y viene por este patético planeta» nos acaba diciendo Bradbury. También esperando…

Varias de las obras de Ray Bradbury, con mayor o menor fortuna, han sido adaptadas al cine o a la televisión, como *Fahrenheit 451, El hombre ilustrado* o *Crónicas marcianas.* Pero, lo ocurrido con *La sirena de la niebla,* es cuando menos curioso. En los años cincuenta del pasado siglo, la posibilidad de una catástrofe nuclear era lo que realmente aterraba. Tipos como los vampiros, momias, zombis, hombres lobo… dejaron de causar miedo. Las explosiones atómicas de Hiroshima y Nagasaki en 1945 hacían sentirse al mundo amenazado por una nueva arma, para muchos apocalíptica. Había que crear otros monstruos para que, tanto lectores como espectadores, volvieran a espeluznarse. Y así nació *El monstruo de tiempos remotos,* para causar un pánico nuevo, distinto: el producido por los peligros presentados por la energía atómica. Lo curioso es que, para su nacimiento, el cine se inspira en un relato tan poético y filosófico como *La sirena de la niebla.* El monstruo de Bradbury surgido de lo profundo del océano hizo preguntarse a los productores: ¿Y si al dinosaurio lo hace revivir una explosión nuclear? La respuesta fue la película *El monstruo de tiempos remotos,* una de las clásicas de la ciencia ficción.

El Rhedosaurus del filme nunca existió. Se lo inventó Harryhausen, «el Mago» de los efectos de animación, a instancia de los productores, que pensaban que una especie totalmente desconocida asustaría más que una conocida. En la película, un dinosaurio, es redivivo por una explosión nuclear en el Ártico. Después, tras destruir un faro —ahí el cuento de Bradbury— y cometer unas tropelías, provocará el pánico en Nueva York. Lograrán darle muerte con un isótopo radiactivo.

No hay cuento como *La sirena de la niebla* que haya dado para tanto. O la película *El monstruo en tiempos remotos,* justo es decirlo. Tras el Rhedosaurus, otros muchos monstruos mutantes hicieron su aparición. El más conocido, Godzilla. Y los que vendrán. Pero el primero… fue el primero.

FILMOGRAFÍA ESENCIAL

El monstruo de tiempos remotos. Título original: *The Beast from 20.000 Fathoms.* Director: Eugène Lourié. Productor: Jack Dietz. Producción: Mutual Pictures (Estados

Unidos), 1953. Guión: Louis Morheim, Fred Freibenger, inspirado en el relato *La sirena de la niebla,* de Ray Bradbury. Fotografía: Jack Russell. Montaje: Bernard W. Burton. Música: David Buttolph. Efectos de animación: Ray Harryhausen. Efectos especiales: Willis Cook. Duración: 80 minutos. Blanco y negro. Intérpretes: Paul Christian, Paula Raymond, Cecil Kellaway, Kenneth Tobey, Donald Woods, Lee Van Cleef...

La mosca

Decía Jean Cocteau, con eco en su frase de otra de Julio Verne que «todo lo que se escribe llega a ser». El futuro anunciado no parece contradecir al escritor. La humanidad, en este tercer milenio, tendrá que enfrentarse a grandes desafíos científicos y tecnológicos, muchos de ellos aún ni tan siquiera imaginados. *Imposible* es un adjetivo cada vez más arriesgado de utilizar. Ya son realidad muchas cosas que en un pasado, y no precisamente lejano, se las tenía por imposibles. Por lo que, en los próximos siglos, quién sabe hasta dónde se llegará. No hay límites para la imaginación. E imaginar también lo hacen los científicos, los tecnólogos... Y se correrán riesgos, tal vez alguno como el planteado por George Langelaan en su relato *La mosca,* cabiendo tanto el éxito como el fracaso.

Mutantes, por ejemplo, aparecen muchos en la ciencia ficción. Posiblemente, el caso del investigador Robert Browning, el que se nos presenta en *La mosca,* el más inquietante, por muy increíble que sea. La ciencia no le da ningún crédito. Por ahora...

El relato *La mosca* apareció en 1957 en la revista *Playboy,* que lo premió como el mejor de cuantos había publicado en el año. En 1958, el 11 de julio, se estrenaría su primera versión cinematográfica, a cargo de Kurt neumann. En España se comenzó a exhibir en 1963. En pocas ocasiones un texto literario ha sido adaptado al cine con tanta fidelidad, si exceptuamos que en el cuento el científico acaba mutándose en más de lo que se muta en la película.

Es *La mosca* un relato que subyuga, inquieta, alucina. Sobre todo porque ocurre, y esto hace más angustiante lo que se cuenta, en una íntima cotidianidad. Robert Browning es tanto un buen hombre como un buen investigador, que lleva varios años trabajando en algo relativo a la desintegración y reintegración de la materia; algo en lo que está muy ilusionado pues será de un gran beneficio para la humanidad. Casado, padre de un hijo. Pero no todo sale como él desea. O, si lo prefieren, todo sale como él no hubiera deseado nunca, debido a una insospechada casualidad.

George Langelaan escribió *La mosca* con una técnica muy efectiva. El resultado del experimento no lo sabemos al final sino al principio del relato. El suspense no está centrado en conocer tal resultado y sí en lo que ocurrió para que se produjera. Y lo que ocurrió lo sabremos por su esposa Anne, que se lo cuenta su cuñado Arthur. Si por una parte tenemos una intriga de ciencia ficción, por otra tenemos una intriga propia del género policíaco, inspector incluido. Conjugadas, acaban produciendo en la mente del lector un auténtico alarido de espanto, tal como el que Anne da cuando Arthur hace referencia a la mosca que busca su hijo, el pequeño Harry. El final es verdaderamente sorprendente y aterrador. Pero, aun así, nos hace suspirar aliviados. Porque, los personajes, no son merecedores de tanta tragedia. Una tragedia de la que son víctimas un honrado investigador, al que no le mueve ninguna ambición, su querida esposa, con la que vive feliz, su hijo… y «alguien» más. Una tragedia escrita con un ingenioso desarrollo, con una extraordinaria habilidad para mantener el suspense, con un angustioso *crescendo* que la hace inolvidable. Nunca se dejará de sentir un escalofrío de miedo al recordar *La mosca,* el relato más famoso de George Langelaan.

Su mejor versión cinematográfica es la de Kart Neumann de 1958. Jacques Bergier nos recuerda que, para muchos críticos, La mosca es el relato «más terrorífico escrito en el siglo XX», añadiendo por su parte que, si bien el filme de Neumann «no consigue hacer olvidar la versión literaria del tema, a pesar de ello sobrecoge y espanta al espectador». Neuman, para *La mosca,* contó con la presencia del eficaz Vincent Price. El resultado fue espectacular. Dado su éxito, tuvo dos continuaciones. En 1959, *El regreso de la mosca;* de Edward

L. Bernds. Y *Curse of the Fly* (1965), de Don Sharp, en la que la mosca brilla por su ausencia.

David Cronenberg, todo un experto en terroríficas mutaciones, se atrevió en 1986 en hacer una nueva versión del relato de George Langelaan. Hay mucho morbo en su versión de *La mosca,* pero el resultado es francamente bueno, aunque nunca superior al logrado por Neumann. También esta película tuvo su continuación: *La mosca II,* de 1988, dirigida por Chris Walas.

FILMOGRAFÍA ESENCIAL

La mosca. Título original: *The Fly.* Director: Kurt Neumann. Productor: Kurt Neumann. Producción: Twentieth Century Fox (Estados Unidos), 1958. Guión: James Clavell, basado en el relato homónimo de Georges Langelaan. Fotografía: Karl Strauss. Montaje: Merrill G. White. Música: Paul Sawtell. Maquillaje: Ben Nye. Duración: 94 minutos. Color. Intérpretes: Al Hedison, Patricia Owens, Charles Herber, Vincent Prince, Herbert Marshall, Eugene Dorden, Kathleen Fremman....

La mosca. Título original: *The Fly.* Director: David Cronenberg. Productor: Stuart Cornfeld. Producción: Brooksfilms (Estados Unidos), 1986. Guión: Charles Edward Pague, David Cronenberg, inspirado en el relato *La mosca* de George Langelaan. Fotografía: Mark Irwin. Montaje: Ronald Sanders. Música: Howard Shore. Maquillaje: Chris Walas. Duración: 100 minutos. Color. Intérpretes: Jeff Goldblum, Geena Davis, John Getz, Joy Broushel, Les Carlson, George Chuvalo, David Cronenberg...

Referencias bibliográficas
de los autores

Robert Louis Stevenson (Edimburgo, 1850-Upolu, 1894). Escritor británico que cultivó con maestría casi todos los generos literarios en su corta pero fructífera existencia —poesía, ensayo, libros de viaje, narrativa...—; alcanzó la fama con su novela *La isla del tesoro* (1883); fama que se acrecentaría con *El extraño caso del Dr.Jekyll y Mr.Hyde* (1886), *La flecha negra* (1888), *El señor de Ballantrae* (1889) o *Cuentos de los mares del Sur* (1896). Su tumba está en la cumbre del Monte Vaea, en Samoa, donde se estableció tras recorrer medio mundo, impulsado más por su espíritu aventurero que por la necesidad de encontrar un clima que aliviara la enfermedad que minaba su salud desde siempre, la tuberculosis. Los polinesios lo apodaron *Tusitala,* que en samoano significa «El que cuenta cuentos».

Edgar Allan Poe (Boston, 1809-Baltimore, 1849). Escritor estadounidense, creador del género policíaco con sus relatos *Los crímenes de la calle Morgue* (1841), *El misterio de Marie Rogêt* (1843) y *La Carta robada* (1845); precursor de la ciencia ficción con *La incomparable aventura de un tal Hans Pfall* (1835), así como con *Mellonta Tauta* (1849), entre otros; maestro del género de terror —con él, por primera vez, el horror penetró hasta el fondo de las mentes—, con cuentos como *Ligeia* (1838*)*, *La caída de la casa Usher* (1839), *William Wilson* (1839), *El corazón delator* (1843) y *El gato negro* (1843), según su propia preferencia. También trató lo «metafísico» —*Un descanso al Maelström* (1841)—, lo satírico —*Autobiografía literaria de Thingum Bob, Esq.*

(1844)— el humor —*El diablo en el campanario* (1839)—…
Su única novela es *Aventuras de Arthur Gordon Pym* (1838).
En su poesía destaca *El cuervo* (1845), así como sus escritos
teóricos —*Fundamento del verso* (1843), *La filosofía de la
composición* (1846), *El principio poético* (póstumo, en
1850)— o sus pensamientos —*Eureka* (1848)—. Su vida fue
corta pero dejó una obra por la que es reconocido como uno
de los grandes de la literatura universal.

Alexéi Konstantinovich Tolstoi (San Petersburgo,
1817-Briansk, 1875). Escritor ruso cuya obra más famosa es
la trilogía teatral *La muerte de Ivan el Terrible*, *El zar Fiódor
Ivanovich y El zar Boris* (1886-1870), que se desarrolla en el
período de la historia rusa que más le satisfacía, el del siglo XVI. Entre sus novelas destaca *El príncipe Serebriani*
(1863). Como poeta, siempre fue fiel a su teoría del «arte por
el arte», pese a lo ecléctico que era. Y bromista sí que también debía de ser. Él y sus primos, los hermanos A.M. B.M.
Ziemchushníkov, crearon un poeta inexistente, Kozmá Prut-
kov, al que atribuyeron las poesías satíricas de las cuales ellos
eran autores. En ellas, zaherían principalmente a la cultura de
su época. Pariente de León Tolstoi, no debe confundirse, algo
que es fácil cuando en los libros se suprime el primer apellido, con Alexéi Nikoláievich, autor de la novela de ciencia ficción *El hiperboloide del ingeniero Garin* (1925-1927).

Daphne du Maurier (Londres, 1907-Par, 1989). Es
una de las escritoras británicas más famosas del siglo XX.
Aunque comenzó a escribir en 1928, el éxito no lo alcanzaría
hasta 1938, año en que editó *Rebeca*, su novela más leída,
prácticamente traducida a todos los idiomas. En total, escribió quince novelas, entre ellas *Nunca volveré a ser joven*
(1932), *¡Adelante, Julius!* (1933), *La posada de Jamaica*
(1936), *Mi prima Raquel* (1951). En *Perdido en el tiempo*
(1969), en la que el protagonista, debido a una droga, trans-
muta las dimensiones del tiempo, se acerca a la ciencia-ficción. Probó fortuna en el teatro. Y escribió muchos relatos,
entre ellos *Los pájaros* (1952) incluido posteriormente en

Clásicos del terror (1987), antología con la que se celebró en el Reino Unido su octogésimo aniversario, recogiéndose en ella sus seis cuentos más destacados del género. Muchas de sus obras cuentan con versiones cinematográficas.

Ray Bradbury (Waukegan, 1920). Escritor estadounidense considerado como uno de los más importantes autores de ciencia-ficción, género al que aportó principalmente un notable halo poético y una seria denuncia de los peligros que se derivan de la tecnología mal utilizada. En cuanto se le presenta la ocasión, homenajea a los héroes de su infancia y sus creadores, como en su relato «Los desterrados» de (*El hombre ilustrado*, 1949), o en su novela *Fahrenheit 451* (1953). En la revista *Script*, en 1940, se publicó por primera vez un relato suyo: *No es el calor, es el Hu*. De su pueblo, en Illinois, nos habla en muchas de sus obras, sobre todo en las relacionadas con su infancia, como en *El vino del estío* (1957), de lo mejor de la literatura norteamericana. *Crónicas marcianas* (1950) es su obra más leída. *Las doradas manzanas del sol* (1953), *El país de octubre* (1955*), Remedio para melancólicos* (1959), *La feria de las tinieblas* (1962)… son algunos de sus otros muchos libros entre los que no hay que olvidar *Zen en el arte de escribir* (1994) —el placer de escribir— o su aportación al genero policíaco, como lo es *Memoria de crímenes* (1984). También es poeta y dramaturgo.

George Langelaan (París, 1908). Escritor francés que ya desde muy joven se dedicó al periodismo. La fama se la ganó con sus relatos bélicos. Al igual que su compatriota Pierre Boulle —*El planeta de los simios* (1963)—, la ciencia-ficción, que declaró que casi nunca leía, es uno más de los géneros que trató. *La mosca* (1957) es su relato más conocido. Libros suyos son *Robots pensantes* y *Relatos del Antimundo* (1962). Destacan *La dama de ninguna parte, La otra mano* o *Vuelta a empezar*. Interesado por los problemas que plantean el tiempo y la materia.

Índice